Nicolas Rutschmann

Weißes Blut

Psychothriller

Mit Motiven von Jürgen von Bülow

© 2018 Nicolas Rutschmann

Erstausgabe 2018

Lektorat: Sid Rowling
Umschlaggestaltung & Satz: ROW.LAB

Herstellung und Verlag: Books on
Demand GmbH, Norderstedt

ISBN: 978-3-7528-0945-9

Bibliografische Information der
Deutschen Nationalbibliothek:
Die Deutsche Nationalbibliothek verzeichnet diese
Publikation in der Deutschen Nationalbibliografie;
detaillierte bibliografische Daten sind im Internet über
dnb.d-nb.de abrufbar.

Prolog

Ein von Rissen zerfurchter Lehmboden breitet sich aus, so weit das Auge reicht. Vereinzelte abgestorbene Büsche stehen wie Mahnmale da, das gleißende Sonnenlicht nimmt der Szenerie jegliche Farbigkeit. Leben scheint hier nicht mehr zu existieren.

In diese Todeszone dringt plötzlich Kinderlachen. Das unerwartete Lebenszeichen hüpft ausgelassen vor der sprudelnden Wasserpumpe auf und ab, an der sich eine lange Schlange von Wartenden gebildet hat. Stück für Stück bewegen sich die Menschen auf den lebensrettenden Wasserspender zu. Jeder Schritt wirbelt Staub von dem Boden auf, den seit Jahren kein Regen mehr erreicht hat.

Kinder tollen zwischen den Beinen der Erwachsenen umher und werden von ihnen mit kurzen Ausrufen immer wieder zurechtgewiesen.

Die Wasseraufbereitungsanlage ist nach den neusten technischen Standards errichtet; ein kleines Schild klärt darüber auf, dass sie mit Unterstützung der „Lichtenfeld-Stiftung" errichtet wurde.

Nach und nach füllen die Menschen riesige Kanister mit dem kostbaren Nass und befördern es dann auf ihren Schultern oder in provisorisch zusammengezimmerten Handwagen den beschwerlichen Weg zu ihren Siedlungen zurück.

Auf einem der Dorfplätze sitzen die Bewohner vor einfachen Lehm- oder Wellblechhütten und bereiten in ihren Kochgefäßen Speisen unter Zugabe des frischen Wassers zu. Die älteren Anwesenden tragen traditionelle, farbenfrohe Gewänder, die jüngeren zumeist T-Shirts und Turnschuhe. Die Vorfreude auf das bevorstehende Fest ist bei allen zu spüren.

Später am Abend versetzt rhythmisches Trommeln etwa hundert Tanzende auf dem Dorfplatz in Stimmung. Diejenigen die nicht tanzen, essen und trinken zusammen und wippen dabei ausgelassen zur Musik. Die Szenerie ist durch mehrere große Feuer, die rings um den Platz brennen, in ein dramatisches Licht getaucht.

Die Tanzenden geraten zunehmend in Ekstase, ihre Bewegungen nehmen dabei provozierende Züge an. Einige Männer beginnen wie Hähne im Hahnenkampf mit den Oberkörpern vorzuschnellen. Die Blicke aller Tanzenden sind mit einem Mal fiebrig.

Die Frauen stellen sich im Kreis um die Tanzenden auf und heizen die Stimmung durch laute Anfeuerungsrufe zusätzlich an. Plötzlich beginnen die Männer mit ihren Köpfen in Richtung der Tanznachbarn vorzustoßen. Den Opfern werden dabei nach und nach Bisswunden zugefügt.

Die Frauen geraten nun ebenfalls in Ekstase und stehen sich wenig später in rhythmischen Bewegungen und zugleich drohender Haltung paarweise gegenüber. Plötzlich haben viele Tanzende Messer oder Macheten in den Händen. Schnelle Hiebe werden in alle Richtungen ausgeführt.

Das Fest gleicht jetzt einer Mischung aus mittelalterlicher Schlacht und Hexensabbat. Jeder fällt über den anderen her, immer mehr Personen bleiben daraufhin regungslos liegen.

Im Morgengrauen kommen aus einer Lehmhütte zwei kleine Kinder gekrochen. Unsicher tapsen sie ins Freie und schauen sich ängstlich um. Eines der Kinder läuft auf eine reglos am Boden liegende Person zu und lässt sich vor ihr auf die Knie sinken. Es hat den Anschein, als schlafe die Person ihren Rausch aus. Das Kind zupft und tätschelt die Person, aber sie bewegt sich nicht. Das Kind wird unruhig und beginnt zu weinen; dann schreit es laut auf.

Im fahlen Licht des Sonnenaufgangs erkennt man nach und nach die reglosen Leiber der Bewohner auf dem Dorfplatz und den Trampelpfaden zwischen den Hütten. Das Szenario wirkt morbide und friedlich zugleich.

Aus der Vogelperspektive betrachtet ist das Dorf lediglich ein winziger, fast überflüssiger Fleck inmitten der endlosen Steppenlandschaft.

01. Victor und die Frauen

Der Umschlag eines großen Fotobandes über Afrika gibt eine riesige Steppenlandschaft wieder. Das Buch wird von einer jungen Dame auf den Auslagentisch der Buchhandlung zurückgelegt.

Auf dem Schild vor der Auslage steht: „Unterstützen Sie mit dem Kauf dieses Buches die Afrikahilfe."

Die junge Dame hält sich etwas abseits einer großen Menschentraube auf, welche fast ausschließlich aus Frauen besteht.

Eher uninteressiert geht sie um die Ansammlung herum Richtung Ausgang. Sie öffnet die Tür, wirft dann aber einen Blick zurück und als sich ein kleiner Spalt in der Menschenmenge bildet, erhascht sie einen Blick auf den Autor, welcher hinter einem Tisch sitzend, gerade sein Buch signiert. Dann schließt sich die Lücke wieder. Die junge Dame dreht sich um und verlässt den Buchladen.

Ein Buch wird aufgeschlagen und signiert. Victor Corvin lächelt eine junge Frau an, während er ihr das Buch mit seinem Autogramm in die Hand drückt. Er wirkt zufrieden, so wie ein glücklicher Mann, der alles hat. Ein Sieger.

Jemand schiebt ihm das nächste Buch zu. Er öffnet es und findet darin eine Karte mit einer Telefonnummer, die Zahlen sind mit Lippenstift geschrieben.

Victor zeigt sein umwerfendes Lächeln. Er signiert das Buch, schiebt es zurück, dann erst schaut er der Frau vor ihm in die Augen. Sie heißt Carla. Victor steckt ihre Karte wortlos in seine Jackentasche und blickt die wartende Frau hinter Carla an.

Als Carla sich abwendet und geht, schaut Victor ihr

hinterher und taxiert dabei ihre schöne Figur.

>»Mein Freund Victor! Mit einem einzigen Buch hatte er einen Bestseller hingelegt – so hinreißend, dass er es tatsächlich schaffte, Tag für Tag eine andere Frau zu erobern. Ja, Victor Corvin bekam genau das, was er sich immer gewünscht hatte: Frauen, Frauen, Frauen!«*

Wenig später liegen Victor und Carla auf einer weitläufigen Wiese im Stadtpark, ganz in der Nähe einer riesigen Buche. Carla hat ein leichtes Sommerkleid an und hält ein Buch in den Händen. Das Cover verrät, dass es sich um Victors Buch handelt.

>»Frauen sind keine Beute - *mit diesem Titel schrieb Victor sich in die Herzen der Frauen, gefühlvoll, sensibel – so, wie er glaubte, dass Frauen es mögen.«*

Carla liest mit Hingabe und ihre Blicke verraten, dass sie Victor vollkommen verfallen ist.

>»Doch so einfühlsam er schreiben konnte, im richtigen Leben kannte er keine Gefühle. Victor fühlte nichts.«*

Victor liegt hinter Carlas Rücken und gähnt gelangweilt. Sie dreht sich um und küsst ihn, dann liest sie weiter. Plötzlich küsst Victor ihren Hals und zieht den Reißverschluss ihres Kleides herunter. Carla hört auf zu lesen und lässt das Buch ins Gras fallen.

»Victor schlief mit den Frauen, wusste aber sonst nichts mit ihnen anzufangen.«

Ein Lichtmast ganz in der Nähe von Victor und Carla, beinahe könnte man es übersehen: Unter der Lampe bewegt sich ein Gegenstand ganz langsam. Es ist eine winzige Überwachungskamera, die nun fokussiert. Hinter der Frontlinse bewegen sich mehrere Ringe konzentrisch aufeinander zu.

»Ja, man kann sagen: Wenn Victor eine Frau ansah, dann waren seine Augen tot und ausdruckslos.«

Die Überwachungskamera beobachtet Victor. Sie zoomt näher, folgt seinem Blick und schwenkt dann zur Seite auf eine rothaarige Frau.

An einem weiteren Tag: Victor liegt mit seiner neuen Eroberung Nele in einer weißen Sanddüne. Nele hat kurze, feuerrote Haare. Sie sitzt auf Victor und sie küssen sich. Noch haben beide die Kleider an. Victor lächelt wieder, dann zieht er mit provozierendem Blick den Reißverschluss an Neles Kleid herunter. Nele ist nicht abgeneigt, doch sie wehrt sich lachend.

»Wie gesagt: Mein Freund Victor nahm, was sich ihm bot und selbst dann, wenn es an der Zeit war, seine Eroberung wieder von sich zu stoßen, tat Victor dies immer so charmant, dass man ihm nicht böse sein konnte – von wenigen Ausnahmen einmal abgesehen.«

Ein Wasserschwall trifft Victor und Nele. Sie schrecken hoch. Nun erkennt man, dass Victor und Nele zwischen vielen anderen Leuten in einer für den Sommer aufgeschütteten Sandlandschaft am Rand des Stadtparks sitzen.

Carla steht mit einem Eimer in der Hand drohend vor den beiden. Nele springt auf und weicht ein paar Schritte zurück. Victor schaut Carla mitleidig an, dann springt er ebenfalls auf und zieht Nele mit sich fort.

Als beide außer Reichweite von Carla sind, umarmt Victor Nele von hinten und küsst sie.

Carla knallt wütend den Eimer auf den Boden.

Victor küsst Nele am Hals, Nele genießt es und Victor lächelt.

02. Ein fragwürdiger Abgang

Victor lächelt. Sein Blick fällt auf das Gesicht einer jungen Fernseh-Moderatorin. Konzentriert wartet sie, bis die Sendung beginnt. Victors Blick wandert ungeniert über ihren Körper bis hinunter auf ihre schwarzen Stiefel. Victor lächelt erneut, als er entdeckt, dass sie einen Reißverschluss haben.

Die Sendung beginnt: Bei einer der vier Fernseh-Kameras schaltet sich das rote Aufnahme-Licht ein.

Victor und ein älterer Herr, Albert von Lichtenfeld, sind Gast in dieser Fernseh-Talkshow. Albert ist 64, gut aussehend und sein ganzes Auftreten verrät, dass er Widerspruch nicht gewohnt ist. Er und Victor könnten nicht gegensätzlicher sein.

Die Moderatorin wendet sich ihm zu: »Ich begrüße hier zu meiner Rechten Albert von Lichtenfeld! Er ist Nachkomme einer sehr alten, traditionsbewussten Adelsfamilie.«

Albert nickt kaum merklich.

»Und zu meiner Linken: Victor Corvin, ein viel versprechender, junger Schriftsteller. Victor hat einen höchst einfühlsamen Roman über eine Frau in einer von Männern beherrschten Welt geschrieben. Was viele aber nicht wissen: Victors Geburtsname lautet ‚Victor *von* Corvin'! Victor, wieso haben Sie ihren Adelstitel abgelegt?«

Albert sieht Victor erstaunt an, Victor entgeht Alberts Reaktion nicht. Er dreht sich zurück zu der Moderatorin und schaut ihr unverblümt ins Gesicht. In einer fast manischen Art formuliert er seine Antwort.

»Sie werden es nicht glauben: Das war furchtbar! Dieser wunderbare, wichtige Titel – der war auf einmal weg, verloren! Dabei hatte ich ihn überall gesucht: Unterm Tisch, unterm Bett, sogar in der Mülltonne schaute ich nach! Aber glauben Sie: Nicht einmal dort war er! Eigentlich hätte ich da zuerst suchen sollen, im Müll müsste er ja am ehesten zu finden sein!«

Alberts Mine ist schlagartig wie versteinert.

»Im Müll?«, die Moderatorin schaut Victor verwundert an.

»Genau da«, entgegnet er mit süffisantem Lächeln.

Die Moderatorin schaut fragend zu Albert. Dieser reagiert prompt: »Junger Mann, Sie können weder Ihren Namen, noch Ihre Herkunft einfach so ‚ablegen'!«

»Kann man doch, Herr Lichtenfeld.« Victor blickt ihm selbstbewusst ins Gesicht. „Das geht ganz leicht: Adelstitel nehmen und in hohem Bogen am besten dorthin werfen, wo's am meisten stinkt!«

Albert wird rot im Gesicht. Wütend fährt er Victor an: »Menschen wie Sie sind daran schuld, dass unsere Welt langsam vor die Hunde geht!«

»Unsere Welt? Sie meinen Ihre alte Welt, wie Sie sie sich vorstellen: Adel hier, Pöbel da.« Victor hebt bei „Adel" die Hand in die Höhe, bei „Pöbel" senkt er sie.

Die Zuschauer klatschen.

Albert ist sauer, über den Lärm der Zuschauer ruft er: »Adelige sind nicht nur besondere Menschen, sie verhalten sich auch dementsprechend.«

Victor schaut ihn fragend an: »Adelige sind bessere Menschen? Herr Lichtenfeld, das musste mal gesagt werden!«

»Sie werden sich noch wundern! Eines Tages . . . «, Albert unterbricht sich selbst. Wütend verlässt er das Fernsehstudio. Großer Tumult entsteht – das Studio-Publikum buht Albert aus.

Während Albert das Fernsehstudio verlässt, schaut Victor entschuldigend in die Kamera: »Was hat er denn: Albert Lichtenfeld klingt doch auch ganz ordentlich.«

Die Moderatorin lächelt Victor bewundernd an. Victor schaut ihr tief in die Augen. Dann streift sein Blick den Reißverschluss ihrer Stiefel. Schließlich weicht er nicht mehr von den Augen der Moderatorin. Sie bemerkt es und wird ein wenig unsicher.

»Pro Forma studierte Victor Kunstgeschichte, aber auch da interessierten ihn mehr die Modelle der alten Meister, als die alten Meister selbst.«

Es ist eine klare Nacht, der Himmel voller Sterne. Im schwachen Licht folgen wir Victors Hand, welche die Silhouette der vor ihm sitzenden Frau gefühlvoll nachfährt. Dann greift er nach einem Stiefel der Moderatorin und zieht den

Reißverschluss langsam auf. Victor und seine neue Eroberung liegen wieder auf der Wiese im Stadtgarten.

> *»Man kann nicht sagen, dass Victor sexbesessen war, doch etwas machte ihn hungrig, gierig – und irgend etwas trieb ihn dazu, dauernd eine neue Eroberung zu machen, ohne sich aber je auf seine „Beute" einzulassen!«*

Plötzlich erhellt ein Feuerschein die beiden: Carla hat sich herangeschlichen und in der Nähe einen kleinen Scheiterhaufen aus mehreren von Victors Büchern angezündet. Regungslos steht sie hinter dem Feuer und beobachtet Victor und die Moderatorin mit stechendem Blick; in einer Hand hält sie drohend eine Spiritusflasche.

Victor und die Moderatorin rappeln sich auf und fliehen. Carla bleibt frustriert zurück. Victor und seine neue Eroberung steigen in einen Wagen und rasen davon.

Wenig später liegen Victor und die Moderatorin unbekleidet nebeneinander im Wagen, der auf einer Anhöhe geparkt ist. Victor schaut aus dem Seitenfenster und sieht in einiger Entfernung die Stadt im Morgenlicht liegen. Ein idyllischer Anblick. Victor genießt die Stille, er wirkt jedoch seltsam traurig.

> *»Victor ließ Nichts und Niemanden an sich heran – mit Ausnahme der einen Person, der er alles erzählte: Ich war diese Person! Und ich kann mit Stolz sagen, dass ich der einzige war, der alles über Victor Corvin wusste und der die dunkle Seite hinter seinem umwerfenden Lächeln kannte!«*

Plötzlich umarmt die Moderatorin Victor. Er versucht zu lächeln, aber es gelingt ihm nicht. Victor sieht sie mit traurigem Gesichtsausdruck an. Die ersten Strahlen der Sonne treffen darauf.

> *»So viele Frauen Victor auch hatte, außer mir kannte niemand sein Geheimnis: Victor war zutiefst unglücklich, ja man kann sogar sagen, je mehr Frauen er hatte, desto einsamer fühlte er sich. Aber selbst mir gelang es nicht, Victor von dem abzuhalten, was er sich vorgenommen hatte.«*

Victor sitzt auf dem Flachdach des Universitätsgebäudes, seine Beine baumeln herunter. Er starrt regungslos in die Tiefe. Einige Meter hinter ihm steht sein Freund Karl und versucht, ihn gestenreich zur Vernunft zu bringen.

> *»Victor konnte nicht lieben, so sehr er es auch versuchte. Schlimmer noch: Es gab Tage, da konnten ihn nicht einmal die Frauen von dem tiefen Schmerz ablenken, den er in sich trug."*

Victor schließt die Augen und beugt sich langsam nach vorn. Jeden Moment wird sich sein Schwerpunkt so verlagern, dass er vom Dach stürzt. Karl springt auf Victor zu, doch er ist zu weit entfernt, als dass er den Freund retten könnte. Im letzten Moment hält Victor inne und verharrt in leicht gekrümmter Haltung.

> *»An solchen Tagen überfluteten sie ihn: Gewaltige und nicht endend wollende Wellen von Depressionen.«*

Karl atmet erleichtert auf. Langsam nähert er sich seinem Freund und setzt sich neben ihn auf das Dach.

Victor schaut ihn mit traurigen Augen an, dann meint er leicht: »Hey, fall nicht runter.«

Karl schüttelt den Kopf: »Sehr witzig.«

»Nein, das ist mein Ernst: Halt dich gut fest!«, entgegnet Victor.

Sie sehen sich einen Moment an. Dann schweigen sie und schauen in die Ferne.

> *»Ja, ich war der einzige Mensch, für den Victor etwas empfand! Und auch ich hatte das Gefühl, in Victor einen Bruder gefunden zu haben. So etwas gibt es: Zwei Menschen begegnen sich und sie spüren, dass sie tief miteinander verbunden sind. Ein schönes, seltenes Gefühl!«*

Victor steht an einer belebten Straße. Auf der gegenüberliegenden Seite entdeckt er eine junge Frau. Victor schaut sie an, aber sie wendet kühl den Blick ab.

Die offene Ablehnung schockiert Victor. Sein Gesicht verhärtet sich, er sieht mit einem Mal tief verletzt aus.

> *»Aber was, wenn Victor tatsächlich eines Tages sein Leben beenden würde? Besonders in letzter Zeit hatte ich den Eindruck, dass er das Schicksal geradezu herausfordern wollte. Wann und wie es passierte, war ihm egal. Aber je früher, desto besser . . . «*

Plötzlich holt Victor tief Luft, dann schließt er die Augen und geht einfach über die Straße. Die Frau gegenüber schreit erschrocken auf – doch ihr Schrei wird vom Hupen und Bremsen der Fahrzeuge übertönt.

Auf der anderen Straßenseite öffnet Victor wieder die Augen. Wie durch ein Wunder ist ihm nichts passiert. Doch er sieht aus, als sei er nicht besonders glücklich darüber.

»Ich musste etwas gegen Victors selbstzerstörerische Stimmungen unternehmen!«

Victor schaut die junge Frau erwartungsvoll an. Sie schüttelt entsetzt den Kopf. Victor setzt sein Lächeln auf – dieses Lächeln, dem sich niemand entziehen kann. Endlich lächelt die junge Frau zurück. Victor spricht sie an; schließlich gehen beide miteinander weg.

»In dieser Hinsicht waren Victor und ich uns ähnlich: Sowohl er, als auch ich wollten irgendetwas Besonderes schaffen, wollten die Welt da draußen auf irgendeine Art und Weise beeindrucken! In meinem Fall musste es nicht gleich der Nobelpreis für Medizin sein, Victor zu helfen würde mir fürs Erste schon genügen. Und da tauchte er plötzlich in meinem Labor auf und ich hatte eine einzigartige Idee . . . «

03. Der Plan

Victor betritt ein imposantes Universitätsgebäude. Wenig später schaut er gelangweilt in die Linse einer Kamera, welche sich neben einer gepanzerten Labortür befindet. Da Victor die Prozedur kennt, hält er geduldig seinen Kopf still und wartet.

Die Eingangs-Kamera zoomt auf Victors Iris. Im Display

bewegt sich blitzschnell ein siebenstelliger Zahlencode, bis er verschwindet und der Name „Victor Corvin" erscheint. Der Schriftzug leuchtet abwechselnd hell- und dunkelgrün.

Das automatische Schloss der Tür entriegelt sich geräuschvoll. Victor betritt den Labortrakt. So, wie er sich durch die langen Gänge bewegt, ist ihm der Weg wohlbekannt.

Er betritt den Hauptlaborraum. Der Raum ist groß und, wie man es von den wenigsten Universitäten erwarten würde, mit ausgesprochen teuren Geräten bestückt. Victor schaut sich suchend um.

Zwischen mehreren Computermonitoren entdeckt Victor einen Käfig. Darin kauert in der hintersten Ecke ein ungewöhnlich großes Versuchstier.

»Das ist ja ein Fuchs! Du benutzt ihn doch nicht tatsächlich für deine Experimente?!«

Karl taucht hinter einem Monitor auf. Er ist unrasiert und sieht übernächtigt aus.

»Ein Frauenquäler entdeckt sein Herz für Tiere!«

»Ich quäle die Frauen nicht! Ich lese nur in ihren Augen«, entgegnet Victor. Dann wendet er sich dem Tier zu: »Komm her, hab keine Angst . . . «

»Was liest du in ihren Augen: Dass sie am nächsten Tag von dir verlassen werden wollen?«

Victor wird wütend: »Lenk nicht ab: Was soll das?«

Als er sich dem Käfig nähert, springt der Fuchs hysterisch hin und her.

»In der Anfangsphase sind sie immer extrem aggressiv, aber dann, wenn alles raus ist, werden sie friedlich und schnurren wie ein Kätzchen. Es ist alles nur zu seinem Besten.«

Eine Frauenstimme ertönt vom Eingangsbereich her.

»Sag mal, spinnst du? Was soll denn das? Das ist doch ein Fuchs?«

Keiner der beiden hat bemerkt, dass eine weitere Person den Raum betreten hat; es ist die junge Dame aus der Buchhandlung. Karl ist irritiert wegen ihres unerwarteten Erscheinens, versucht dann aber sofort, die Situation zu meistern.

»Äh . . . darf ich vorstellen: Kahlo, Victor – Victor, Kahlo. Wie bist du überhaupt hier reingekommen? Ich dachte, das neue Sicherheitssystem knackst du nicht!«

Kahlo zeigt Karl wortlos ihr Smartphone. Sie öffnet eine App, worauf ein Script abläuft und grafisch darstellt, wie es über W-LAN einen Befehl an den Schließmechanismus gibt. Karl verzieht anerkennend den Mund.

Da Victor direkt neben dem Käfig steht und versucht, den Fuchs zu beruhigen, glaubt Kahlo, er habe das Tier in den Käfig gesperrt.

Empört fährt sie Victor an: »Wie kann man so ein hilfloses Tier in einen Käfig sperren?«

Karl amüsiert, dass Kahlo Victor beschuldigt. Victor versucht etwas zu sagen, doch Kahlo lässt ihm keine Chance: Noch bevor jemand sie daran hindern kann, öffnet sie den Käfig.

»Hey, komm her! Keine Angst! Na, komm, komm!«

Karl versucht Kahlo davon abzuhalten: »Nicht! Das Tier ist noch in der Anfangsphase!»

Vergeblich – Kahlo schiebt dem verstörten Tier die Wasserschale entgegen, welche sich gleich am Käfigeingang befindet.

Plötzlich macht der Fuchs einen Satz nach vorn. Kahlo kann im letzten Moment ihre Hand zurückziehen und schnell die

Käfigtür schließen. Der Fuchs bleckt mit flackerndem Blick die Zähne.

Karl schaut sie strafend an: »Das ist eben kein Spielzeug!«

»Ich hab's geahnt: Das kann nur ein Weibchen sein«, witzelt Victor.

Karl grinst, Kahlo schüttelt wegen Victors Bemerkung abfällig den Kopf.

Erst jetzt kann Victor Kahlo eingehend mustern: Sie ist Anfang 20, ihr Mund auffallend sinnlich und da sie schon immer eine starke Wirkung auf Männer hatte, versteckt sie ihre sportliche Figur gern unter weiten Kleidern. Ihre langen, schwarzen Haare hat sie streng zu einem Pferdeschwanz zusammen gebunden. Victor ist sichtlich beeindruckt von der impulsiven Frau.

Karl schaut von einem zum andern.

»Hab ich euch schon vorgestellt?«

Victor grinst Kahlo gewinnend an: »Hast du.«

Kahlo begegnet seinem Blick äußerst kühl: »Ich hätte auch so gewusst, wer Sie sind.«

»Sie?«, fragt Victor verdutzt.

»Meinetwegen auch ‚du‘«, antwortet Kahlo, während sie ihre strafende Miene beibehält.

»Ich kann dir versichern, was immer du über mich gehört hast, es ist nur die halbe Wahrheit«. Victor hebt entschuldigend die Hände. Dann aber flüstert er mit vorgehaltener Hand: »Ich bin doppelt so schlimm wie alle behaupten!«

Kahlo wendet sich demonstrativ an Karl: »Ist das wirklich der Mensch, der dieses unglaubliche Buch geschrieben hat?«

Victor beginnt zu grinsen: »Interessant! Du hast es also gelesen?«

Kahlo macht eine abwehrende Geste: »Ich hab mir erzählen lassen, was drin steht. Das hörte sich wider Erwarten ganz passabel an.«

Dann wendet sie ich an Karl: »Wann gedenkst du, das Tier laufen zu lassen?«

»Morgen«, entgegnet er ruhig.

»Ich kontrolliere das! Du weißt, ich komm überall rein!« Kahlo zeigt Karl noch mal drohend ihr Smartphone, dann verlässt sie, ohne Victor eines Blickes zu würdigen, das Labor.

Victor schaut ihr fassungslos hinterher: »Was war denn *das*?«

»Victor, du bist ja richtig beeindruckt!«

Karl baut sich vor seinem Freund auf, doch Victor entgegnet: »Ich? *Die* hat's erwischt! Hast du in ihre Augen gesehen?«

»Geht's dir gut? Irgendwelche organischen Probleme?« Karl schaut Victor prüfend in die Augen. »Das da war *nur* eine Frau! Für alles gibt's eine medizinische Erklärung!«

Victor schaut Karl fordernd an: »Nachname, Telefonnummer, Studiengang!«

Karl schüttelt den Kopf: »Sie studiert dasselbe wie du, mit dem Unterschied, dass sie tatsächlich die Vorlesungen besucht.«

»Mit diesem Hightech-Spielzeug in der Hand hätte ich sie glatt für eine Kollegin von *dir* gehalten . . . Kahlo, ein seltsamer Name.«

»Sie hat sich selbst nach Frida Kahlo benannt, der mexikanischen Malerin. Eigentlich heißt sie Yvonne und studierte ursprünglich Informatik. Aber sie hat es sich anders überlegt.« Karl lacht: »Offenbar will sie sich von den ganzen Schöngeistern ihrer Klasse absetzen und einen auf Cyberlady machen.«

Victor schaut plötzlich erschrocken auf die Wanduhr über dem Eingang.

»Verdammt! Ich muss morgen bei Lüpperts einen Vortrag halten! Sonst flieg ich endgültig von der Uni!«

»Das wäre wirklich bedauerlich«, entgegnet Karl ironisch.

Victor boxt Karl freundschaftlich und nimmt ihn in den Schwitzkasten: »Und wann suchen wir für dich so was wie eine Frau? Oder reicht dir inzwischen eine Laborratte?«

Beim „Kampf" der beiden Männer wird deutlich, dass sie gute Freunde sind.

Von beiden unbemerkt betritt eine weitere Person den Raum; es ist die Laborleiterin.

»Ich störe ja nur ungern, aber unsere monatliche Evaluation muss heute noch an die Stiftung gehen. Sind Sie damit so weit?«

Sie schaut Karl fragend an. Victor lässt von ihm ab und verabschiedet sich: »Wünsch mir Glück!«

»Du kannst auf mich zählen!«

Dann wendet Karl sich flüchtig der Laborleiterin zu: »Einen Moment, sofort . . . «

Er geht zu einem riesigen Kühlschrank und öffnet ihn. Darin bewahrt Karl eine Unzahl von chemischen Substanzen aus diversen Experimenten auf. Er steht davor und reibt sich fragend die Hände. Dann macht er kehrt.

Der Fuchs kauert noch immer in der hintersten Ecke seines Käfigs, als Karl für einen kurzen Moment das Türchen öffnet. Schnell nimmt er eine der weißen Tabletten an sich, die neben der Wasserschale nahe der Öffnung liegen. Die Tabletten ähneln

22

handelsüblichen Exemplaren, doch ihre ungleichmäßige Form deutet darauf hin, dass sie von Hand hergestellt sein müssen.

Karl übergibt der Laborleiterin die Tablette in einem medizinischen Behälter.

»Die werden Augen machen, glauben Sie mir.« Er lächelt und lenkt den Blick der Laborleiterin wieder auf den Käfig: »Für die Weiterentwicklung stellen sie mir vielleicht endlich ein eigenes Forschungszentrum hin.«

Die Laborleiterin verlässt kopfschüttelnd den Raum.

Plötzlich springt der Fuchs in seinem Käfig nach vorn und schleckt die restlichen Tabletten auf. Seine Atmung wird mit einem Mal ruhig und seine Bewegungen sanft. Er schaut Karl mit seinen Augen fast warmherzig an.

04. Das zweite Labor

Ein feindselig blitzendes Augenpaar sticht aus einer Horde furchterregender Aliens heraus. Schüsse, wie von Laserkanonen, sind zu hören.

»Gleich hast du sie . . . gleicht hast du sie wegradiert!«

Zwei Studenten sitzen vor einer riesigen Monitorwand. Der eine, Tim, spielt einen Ego-Shooter, der andere, Felix, feuert ihn dabei an. Die beiden Jungs wirken nett, strahlen aber jugendliche Unruhe aus. Tim navigiert hektisch mit dem Joystick, doch der Horde von feindlichen Aliens ist er nicht gewachsen. Alle Monitore verfärben sich rot.

»Verdammt! Vorbei!«

Entnervt versetzt er dem Joystick einen Schlag.

»Bald ist es tatsächlich vorbei – und zwar für Sie beide!»

Tim und Felix fahren herum. Die Laborleiterin ist unbemerkt

hinter den beiden aufgetaucht und schaut sie ermahnend an.

»Ihre Spielchen betreiben Sie auf teuren Hochleistungsrechnern, finden Sie das gut?«

Tim und Felix begegnen ihr mit einer entschuldigenden Geste und versuchen vergeblich eine Ausrede zu formulieren.

»Die monatliche Evaluation für die Stiftung ist fällig. Wenn ich bitten dürfte!«

Die beiden werfen sich einen fragenden Blick zu, dann klickt Tim das Spiel weg und ruft die Website des „Medizinischen Informations-Austauschdienstes" auf.

»Okay, einen Moment. Wir sind da an was dran, dafür hat bis jetzt keiner eine Erklärung. Das könnte was für Sie sein.«

Auf den verschiedenen Bildschirmen verteilt erscheinen mehrere Seiten eines wissenschaftlichen Artikels, der die Ereignisse in einem afrikanischen Dorf beschreibt. Es ist von knapp 300 Toten die Rede. Aus medizinischer Sicht handelt es sich um einen Akt von unkontrollierter Aggression, dessen Ursache unbekannt ist. Über ein Feedback-Formular werden Wissenschaftler weltweit dazu aufgerufen, mögliche Theorien zu formulieren.

Tim wendet sich zur Laborleiterin um.

»Wir glauben, dass ein seltenes Virus der Auslöser für dieses Massaker war. Es hat starke Ähnlichkeit mit dem Tollwutvirus, aber mit dem Unterschied, dass seine Inkubationszeit extrem stark verkürzt ist und es nicht nur durch Schmierinfektion, sondern auch durch Tröpfcheninfektion übertragen werden kann. Es wurde bis jetzt nur einmal in der 70er Jahren in einem anderen afrikanischen Land nachgewiesen; dort herrschte zu diesem Zeitpunkt eine ähnlich katastrophale Dürre wie momentan in fast allen Teilen des Kontinents.«

Er blickt wieder auf seinen Monitor und klickt einen Link an. In der unteren Monitorreihe erscheinen die Seiten eines älteren Artikels über dieses Virus.

Die Laborleiterin verfolgt die Ausführungen konzentriert.

„Fahren Sie fort."

Ein Lächeln huscht über Tims Gesicht – er ist dabei, das Blatt zu seinen Gunsten zu wenden.

»Es greift das zentrale Nervensystem und den Hirnstamm an und macht den Träger innerhalb kurzer Zeit zu einem willenlosen Monster.«

Felix unterbricht ihn und bemerkt ironisch: »Wie Sie zu Anfang sehen konnten, haben wir versucht, die Situation im virtuellen Bereich nachzustellen.«

Tim ist mit der Bemerkung seines Freundes nicht einverstanden; der strafende Blick der Laborleiterin gibt ihm recht. Dann wendet sie sich wieder an Tim.

»Das hört sich gut an. Aber haben Sie auch eine Abhandlung darüber verfasst, die wir dem Stiftungsrat vorlegen können?«

Tim schaut sie triumphierend an, dreht sich dann schwungvoll um und ruft eine Datei auf seinem PC auf.

»Yep! Sogar feinstens aufbereitet.«

Auf den Monitoren erscheint eine Abfolge der Folien einer Powerpoint-Präsentation. Tim scrollt bis zum Ende der umfangreichen Präsentation, auf der Texte, Fotos und Schaubilder über das Thema zu sehen sind. Er schließt die Datei, kopiert sie auf einen USB-Stick und überreicht diesen der Laborleiterin mit offizieller Geste.

»Voilà!«

Die Laborleiterin betrachtet den Stick in ihrer Hand.

»Gut. Da haben Sie ihren Kopf ja gerade noch mal aus der

Schlinge gezogen. Eine Frage noch, das würde mich interessieren: Halten Sie es für möglich, dass sich das Virus auch bei uns verbreitet?«

Tim ist stolz, dass er ihr Interesse geweckt hat. Er lässt sich mit seiner Antwort bewusst Zeit.

»Meiner Interpretation nach nicht. Es kann nur in dem trockenen und heißen Klima überleben, das vorwiegend in afrikanischen Ländern vorherrscht. Bei der momentanen, länderübergreifenden Dürre ist eine Ausdehnung auf andere Gebiete Afrikas also fast zu erwarten. Denkbar wäre aber eine mutierte Form des Virus in unseren Breiten in naher Zukunft. Wenn wir bis dahin kein Gegenmittel entwickelt haben – dann gnade uns Gott.«

Die Laborleiterin nickt zustimmend.

»Dafür sind Sie hier, um zu gewährleisten, dass es nie soweit kommt! Und die Stiftung zählt auf Sie.«

Mit ermahnendem Blick dreht sie sich um und verlässt den Raum.

05. Kahlo

Ein Zettel wird über den Tresen geschoben. Auf dem Blatt sind die Titel von vier Büchern aufgelistet.

»Tut mir leid: Alle aufgeführten Bücher dürfen nur mit besonderer Genehmigung herausgeben werden.«

Victor steht an der Buch-Ausgabe der Universitäts-Bibliothek und sieht Jutta, die Bibliotheksangestellte, erstaunt an. Jutta gibt sich Mühe gelangweilt zu wirken, indem sie nur kurz von ihrem Bildschirm aufschaut. Victor dagegen lässt seinen Blick auf ihr ruhen, während er sich weit über den Tresen beugt.

Jutta versucht, Victor und sein selbstsicheres Verhalten zu ignorieren. Doch er fügt in zweideutigem Tonfall hinzu: »Ich brauch' sie aber – bitte . . . «

Jutta schüttelt ausdruckslos den Kopf.

Plötzlich zieht Victor die Zeitschrift, welche auf dem Tisch liegt, weg. Unter der Zeitung liegt ein Exemplar des Buches, das er geschrieben hat. Juttas kühle Fassade bröckelt: Jetzt, wo Victor weiß, dass sie sein Buch liest, schaut sie ihn unsicher an.

Victor schlägt wortlos das Buch auf und signiert es, schiebt dann das Exemplar zurück und blickt Jutta erwartungsvoll an. Sie schüttelt empört den Kopf. Victor nimmt das Buch und gibt vor, die signierte Seite wieder herausreißen zu wollen.

Jutta greift nach dem Buch, aber Victor lässt es nicht los. Dabei berührt er ihre Hand und haucht: »Nur diese eine Ausnahme.«

Als hätte sie ein elektrischer Schlag getroffen, zieht Jutta ihre Hand zurück. In resolutem Ton antwortet sie: »Aber bis 17:00 Uhr müssen alle wieder hier sein! Und persönlich bei mir abgeben!«

Jetzt lächelt Victor.

»Ich könnte auch heute Abend vorbeikommen und wir können zusammen nachschauen, ob alles noch an Ort und Stelle ist.«

Jutta schüttelt enttäuscht den Kopf.

»Ich dachte, das könnten Sie besser.«

Victor wird plötzlich ernst und zeigt die andere, die eigentliche Seite seiner Persönlichkeit: Er richtet sich auf und schaut Jutta ehrlich in die Augen.

»Tut mir leid, das war plump. Danke für die Bücher.«

Jutta ist besänftigt.

»Schon okay. Bis nachher.«

Victor nickt, schnappt die vier Bücher, geht zu einem abgelegenen Tisch und setzt sich. Die Morgensonne, die durch die breite Fensterfront fällt, blendet seine Augen. So bemerkt Viktor nicht den Mann, der einen Stock höher auf der Galerie steht und ihn heimlich beobachtet. Alter und Aussehen des Mannes verraten, dass dieser kein Student sein kann.

Victor vertieft sich in das älteste der antiquarischen Bücher. Währenddessen füllt sich die Bibliothek nach und nach. Die Zeit vergeht und die Sonnenstrahlen wandern über Victors Tisch.

Plötzlich bemerkt Victor, dass er beobachtet wird. Er dreht sich abrupt um und sieht gerade noch den Mann auf der Galerie hinter einem Bücherregal verschwinden. Der Mann bleibt dort regungslos stehen; offenbar geht er davon aus, dass er von Victor nicht gesehen wurde.

Als Victor sich wieder umdreht, steht am anderen Ende seines Tisches eine Person, die er hier offenbar am wenigsten erwartet hat: Er schaut direkt in die Augen von Kahlo.

Für einen Moment steht die Zeit still.

Dann, ohne den Blick abzuwenden, erhebt Victor sich – wie in Zeitlupe. Schließlich gibt er sich einen Ruck.

»Hallo. Normalerweise gebe ich in solchen Situationen immer irgendein Blabla von mir . . . «

» . . . aber?«, Kahlo schaut ihn fragend an.

Victor wirkt unsicher.

» . . . aber heute mal kein Blabla. Ich freu mich, dich zu sehen, das ist alles. Hast du einen Moment Zeit?«

Kahlo nickt. Ganz selbstverständlich setzt sie sich auf den

zweiten Stuhl an Victors Tisch. Victor huscht ein Strahlen übers Gesicht, dann setzt auch er sich.

Kahlo zieht eine Trinkflasche hervor.

»Karl hat mich noch mal in sein Labor zitiert und mir befohlen, dir das hier zu geben. War ihm äußerst wichtig. Ich darf nicht mal davon probieren. Ein neuer Energy Drink, extra für dich gemixt, damit du die Nacht durcharbeiten kannst; in kleinen Dosierungen einzunehmen.«

Victor lacht.

»Karl hängt zu viel in diesem muffigem Labor herum, manchmal riecht er schon nach Reagenzglas.«

Er öffnet die Flasche und riecht hinein.

»Das hier scheint jedenfalls genießbarer zu sein, als seine letzten Muntermacher. Aber ich warte mal lieber mit dem Probieren, bis du weg bist, es sei denn, du willst meine Verwandlung in einen Zombie live miterleben.«

Victor grimassiert wild, Kahlo lächelt kopfschüttelnd. Dann fällt ihr Blick auf die aufgeschlagenen Bücher.

»Schloss Lichtenfeld? Dazu kann dich nur Lüpperts verdonnert haben.«

Victor nickt.

»Ich soll über dieses stinklangweilige Schloss auch noch einen Vortrag halten!«

Kahlos Interesse ist geweckt.

»Das Schloss ist alles andere als langweilig. Moment, ich hab's gleich . . . «

Sie schiebt das große Buch zur Seite und schlägt das kleinere darunter auf. Während sie darin blättert beobachtet Victor sie fasziniert.

Kahlo bemerkt Victors Blick, schaut kurz hoch, sieht ihm

einen Moment in die Augen, dann vertieft sie sich wieder in die Seiten des Buches. Victor schaut sich zur Ablenkung im Saal um und entdeckt erneut den Mann auf der Galerie, der ihn beobachtet. Er ruft: »Hey! Was soll das? Was machen Sie da!«

Kahlo blickt erstaunt auf und sieht gerade noch, wie der Mann auf der Galerie sich umdreht und dann den Gang entlang davon eilt.

Victor schüttelt verärgert den Kopf.

»So was . . . wahrscheinlich ein Fan von mir.« Dann lacht er. »Sonst sind es eigentlich nur Frauen, die mich auf diese Art belagern.«

Kahlo wirft Victor einen strafenden Blick zu und schüttelt mitleidig den Kopf. Sie dreht das Buch schwungvoll auf den Kopf und zeigt Victor, was darin abgebildet ist: Ein „Porträt", das eigentlich kein Porträt ist, denn man sieht nur einen leeren Bilderrahmen mit einer weißen Leinwand.

»Hierauf solltest du dich konzentrieren. Lüpperts interessiert sich immer nur für eine einzige Geschichte: Coletta von Lichtenfeld.«

»Ein bisschen blass die Dame.«

Victor blickt erstaunt auf die weiße Leinwand.

Kahlo nimmt den Ball auf, den Victor ihr zuspielt.

»Ganz im Gegenteil: Die Dame trieb's ziemlich bunt.«

Victor schaut Kahlo unschuldig an: »Ja, und?«

»Monsieur „von" Corvin, überlegen Sie bitte einmal: Eine Dame der Gesellschaft, hoher Adel, die es bunt trieb, in jenen Jahren – was hat man mit der wohl gemacht?«

Victor hebt entschuldigend die Hände.

»Ausgezogen und bei lebendigem Leib den Kopf abgerissen?«

Kahlo schaut ihn beschwörend an.

»Schlimmer: Man hat jedes Bild, das es von ihr gab, vernichtet. Außer einem, das an einen geheimen Ort gebracht wurde und als stummes Mahnmal erhalten blieb; übermalt und körperlos. Coletta von Lichtenfeld hat nicht existiert. Schon zu Lebzeiten war die Dame ein Niemand. Lüpperts hat mir für meine Erkenntnisse eine glatte Eins gegeben.«

Victor hat Kahlos Gesichtszüge während ihrer Ausführungen eingehend gemustert.

»Was kostet mich eine Kopie dieser einzigartigen Erkenntnisse? Ein Abendessen? Zwei? Drei . . . ?«

Kahlo sieht Victor müde an. Dieser hebt entwaffnet die Hände.

»Schon gut, ich hör schon auf.«

Dann fährt sie fort.

»Vor ziemlich genau 200 Jahren gründete Gregor von Lichtenfeld die ‚Pan Trans-Europäa‘, eine höchst dubiose Loge. Gregor ging es darum, die Einigkeit der europäischen Staaten für alle Ewigkeit zu festigen.«

Victor spinnt Kahlos Gedanken weiter.

»Hätte er es geschafft, wären eine Menge europäischer Kriege vermieden worden.«

Kahlo nickt.

»Zugegeben. Aber die ganze Welt wäre immer noch nach Kolonialherren und nach abhängigen Kolonien eingeteilt. Ich habe den Verdacht, Gregors Nachfahre verfolgt ähnliche Pläne.«

Victor schaut sie fragend an.

»Wie soll ein kleiner Schlossbesitzer die Weltpolitik verändern können?«

»Keine Ahnung. Vielleicht ist das nur ein harmloser Spinner, der sich nicht damit abfinden kann, dass er allein durch seinen Namen etwas besonderes ist.«

»Moment, meinst du diesen adligen Affen aus der Talk-Show?«

Kahlo nickt.

»Albert von Lichtenfeld, genau den.«

Sie erhebt sich und bleibt für einen Moment abwartend stehen.

»Ich muss jetzt los.«

»Okay . . . Wann sehen wir uns?«

Kahlo grinst.

»Morgen. Ich zieh mir deinen Vortrag rein. Lüpperts wird versuchen, dich auseinander zu nehmen. Das wird sicher lustig.«

Dann dreht sie sich schnell um und geht. Sie ist sich bewusst, dass Victor ihr hinterherschaut.

Leise murmelt er: »Wenn sie sich bis zur Tür nicht umdreht, ist sie interessiert.«

Victor lässt Kahlo nicht aus den Augen.

Sie geht aus der Bibliothek – jedoch ohne sich noch einmal umzudrehen.

Victor lächelt zufrieden.

Dann nimmt er einen großen Schluck aus Karls Flasche und betrachtet das übermalte Porträt der Coletta von Lichtenfeld.

Er liest: » . . . und noch heute befindet sich das ‚leere‘ Gemälde der treulosen Coletta im ‚Kleinen Kaminzimmer‘ von Schloss Lichtenfeld.«

Victor nimmt einen weiteren Schluck aus der Flasche und

starrt auf das leere Portrait.

Plötzlich stellt Victor fest, dass auf der Abbildung ein Schatten zu erkennen ist. Im unteren Bereich hat der Schatten eine grüne Farbe.

Victor schiebt die Abbildung in einen der Sonnenstrahlen, die auf seinen Tisch treffen. Er ist sich sicher, tatsächlich etwas erkennen zu können, schnappt das aufgeschlagene Buch, steht auf, geht zu einem der Bibliotheks-Computer und legt das Buch auf einen Scanner.

Ungeduldig wartet Victor darauf, dass der Scanvorgang beendet ist.

Auf dem Computer-Monitor erscheint die Abbildung des „leeren" Portraits. Victor ist enttäuscht. Doch er gibt nicht auf: Er bearbeitet das Bild mit diversen Filtern eines Bildbearbeitungsprogramms. Plötzlich sind, ganz schwach, die Gesichtszüge einer Frau zu erkennen! Am deutlichsten kann man die beiden Augen der Frau sehen. Über dem ausgeschnittenen Dekolleté trägt sie einen grünen Schal.

Auf Victors Stirn bildet sich ein riesiger Schweißtropfen. Der Tropfen rinnt ihm über die Wange, fällt dann zu Boden, vereist auf dem Weg nach unten und zerplatzt neben Victors Schuh.

Victors Gedanken wandern zurück zu dem Buch und er murmelt eine der Textpassagen: » . . . noch heute befindet sich das ‚leere' Gemälde der treulosen Coletta im ‚Kleinen Kaminzimmer' von Schloss Lichtenfeld.«

Victor ist wie elektrisiert.

»Ich brauche das Original . . . muss es scannen . . . Coletta ist nicht verschwunden, sie ist noch immer da!«

Hektisch nimmt er das Buch vom Scanner, holt die anderen drei Bücher, knallt alle vier auf den Tisch der Buchausgabe, nickt der überraschten Jutta kurz zu und eilt aus der Bibliothek.

»Was war passiert? War Victor irgendeinem Geheimnis auf der Spur oder ging ihm nur die Phantasie durch? Was es auch immer war: Mit Victor passierte etwas, etwas ganz Besonderes! Victor hatte Gefühle – es war unglaublich, wirklich unglaublich!«

06. Anfängerfehler

Inzwischen ist es Mittag geworden. Die ersten Studenten strömen aus den Vorlesungen Richtung Mensa, unter ihnen auch Tim und Felix. Am Ausgang versucht Victor, sich vor den beiden durch die Tür zu zwängen. Victor wirkt abwesend und rennt Felix fast über den Haufen. Ihre Taschen fallen zu Boden.

»Pass doch auf, Mann!«, beschwert sich Felix.

Victor ist verdutzt. Hastig liest er seine Sachen vom Boden auf. Felix beobachtet ihn verärgert.

»Sorry, aber ich muss weg«, entschuldigt sich Victor.

»So eilig? Ich kenne dich: Du bist doch dieser Casanova. Du . . . «, bemerkt Felix.

Tim unterbricht ihn: »Das ist ein Kumpel von Karl.«

Felix ist aufgebracht: »Na und, muss ich diesen Typen deshalb mit Samtpfoten anfassen?«

Tim versucht ihn zu beschwichtigen: »Nein, aber . . . «

Victor blickt die beiden mit entrücktem Blick an.

»Es tut mir zwar leid, aber es ist ja nichts wirklich Schlimmes passiert, oder?«

Tim legt seine Hand auf Felix' Schulter und drängt ihn zum weitergehen. Victor dreht sich weg und entfernt sich schnell über den Vorplatz.

Felix ist immer noch in Rage, während er mit Tim Richtung Mensa geht.

»Ich kapiere nicht, wie die Frauen auf dieses Arschloch fliegen können. Als Freund von Karl hätte er außerdem eine doppelte Abreibung verdient.«

»Frauen stehen immer auf die größten Arschlöcher«, entgegnet Tim. »Hast du seine Augen gesehen? Der hat einen Hau weg.«

Wenig später kommen Felix und Tim an der Essensausgabe an, schnappen sich Tabletts und lassen sich jeweils eines der Tagesessen geben.

Felix ist nachdenklich geworden.

»Sag mal, meinst du nicht, dass wir mit unserer Entdeckung trotz allem den großen Wurf landen können?«

»Du meinst, trotz der anderen Forschungsgruppen?«, fragt Tim.

»Ja, vor allem gegenüber Karl. Der lässt sich seit einiger Zeit nicht mehr in die Karten schauen; er soll an einer heißen Sache dran sein.«

»Und er hat offenbar einen guten Draht zur Stiftung. Aber wir werden ihn mit unserer Arbeit schlagen, glaub mir.«

Felix schaut ihn herausfordernd an: »Und wenn du auf dem Siegertreppchen nicht vergisst, dass ich die Sache ins Rollen gebracht habe, werden wir immer dicke Freunde bleiben.«

Tim geht nicht sofort auf Felix' Bemerkung ein. Sie begeben sich zu einem Tisch am Fenster und setzen sich. Tim denkt nach und stochert dabei lustlos in seinem Essen herum.

»Lass uns mal resümieren, was wir haben: Da ist einmal das

alte Virus, das plötzlich wieder zugeschlagen hat – nachdem es 40 Jahre lang einen Dornröschenschlaf führte. Da stimmt etwas nicht!«

Felix, der begonnen hat, sein Essen in sich hinein zu schlingen, hält inne und schaut ihn erstaunt an.

»Was meinst du damit auf einmal? Wir *haben* doch die Lösung des Problems – auch wenn sie nicht von dir stammt!«

Tim schüttelt den Kopf.

»Bis vorhin war ich ganz deiner Meinung. Aber nachdem mir klar geworden ist, welche Verantwortung wir haben . . . «

Er blickt Felix ernst an.

»Wir machen einen typischen Anfängerfehler. In der Wissenschaft ist das erste, naheliegende Ergebnis immer nur die Basis für die eigentliche Erkenntniskette. Die verwertbare Lösung ist oft die Schnittmenge zweier sich widersprechender Ergebnisse die in einem weiteren Schritt interpretiert und schließlich von Grund auf neu formuliert werden muss.«

Während Tims Ausführungen parkt ein schwarzer S-Klasse Mercedes auf der gegenüberliegenden Straßenseite der Mensa. Hinter der Windschutzscheibe ist nur schemenhaft ein Mann erkennbar.

Felix ist aufgebracht: »Das heißt, wir sind deiner Meinung nach erst am Anfang? Die Präsentation, die wir für die Stiftung erstellt haben, ist vollkommen wertlos?«

Er schaut Tim vorwurfsvoll an. Beide haben das Essen unterbrochen und blicken sich herausfordernd an.

»Richtig«, antwortet Tim entschieden. »Und so, wie ich die Stiftung kenne, werden die das entsprechend einzustufen wissen. Die kennen ja den Prozess. Das Thema an sich, das wird sie fürs Erste beeindrucken und ihre Aufmerksamkeit auf uns lenken.«

Felix knallt das Besteck aufs Tablett und schiebt es von sich weg: »Das will ich schwer hoffen! Ich hab besseres vor, als meine Zeit mit unnötigen Experimenten zu verplempern.«

Tim schaut ihn nun vorwurfsvoll an.

»Als engagierter Wissenschaftler, der nach den Sternen zu greifen gedenkt, wirst du die größte Zeit deines Lebens deiner Berufung opfern müssen.«

Der Mann im S-Klasse Mercedes sieht Tim und Felix durchs Fenster gestenreich diskutieren. Man hört die letzten Sätze etwas verhallt aber trotzdem verständlich über die Autolautsprecher. Ein kleines Richtmikrofon wird am Seitenfenster sichtbar.

»Nur so wirst du die Geheimnisse lüften, die Gott der Schöpfer der Menschheit vorenthält und ausschließlich demjenigen preisgibt, der bereit ist, seine eigenen persönlichen Interessen vollkommen zu vergessen.«

Tim schaut Felix bei seinen Ausführungen ernst an. Felix rückt seinen Stuhl demonstrativ vom Tisch weg.

»Was redest du da! . . . Ich hab keinen Hunger mehr. Lass uns gehen.«

Er schnappt sein Tablett und erhebt sich. Tim zögert in Anbetracht seines unangetasteten Mittagessens, steht dann aber ebenfalls auf.

Der Mann im dunklen Mercedes tippt auf einen Button im Multifunktionsdisplay in der Mittelkonsole. Das „Record"- Symbol erlischt und die Tonübertragung endet. Er startet den

Wagen und manövriert ihn aus der Parkbucht heraus. Als die Sonne für einen Augenblick das Gesicht des Mannes beleuchtet, wird klar, dass es der Mann ist, der Victor und Kahlo von der Galerie der Bücherei herab beobachtete.

Einige Straßenzüge weiter biegt der Mercedes in eine Einkaufsstraße ein. Der Wagen fährt an einer großen Buchhandlung vorbei und verschwindet im Verkehrsgewühl.

Vor der Buchhandlung steigt Kahlo gerade aus ihrem Kleinwagen. Sie betritt das Geschäft, welches auf mehreren Stockwerken alle Themengebiete unter einem Dach versammelt.

Kahlo schlendert eher unentschlossen zwischen den Auslagen hin und her. Dann nimmt sie das oberste Buch von einem riesigen Stapel und betrachtet den Einband – es ist Victors Buch. Schnell schaut sie sich um, so als wollte sie nicht dabei beobachtet werden, das Buch in ihren Händen zu halten. Sie schlägt es auf und überfliegt ein paar Zeilen. Dann legt sie es wieder zurück und geht weiter.

Sie greift in ihre Tasche und zieht die herausgerissene Seite einer medizinischen Zeitschrift hervor. Am Rand, neben einer Buchbesprechung, steht eine handgeschriebene Notiz: »Im 8. Kapitel wirst du einiges über Victor erfahren, Karl.«

Kahlo schaut sich um und wechselt dann in die Abteilung „Psychologie und Medizin". Sie geht die Reihen der Neuerscheinungen ab und bleibt vor einem Buch stehen, schlägt es auf und blättert es durch. Dann hält sie plötzlich inne, öffnet ihre Tasche und holt ihr Smartphone heraus. Sie schaut sich kurz um und fotografiert schnell einige Seiten des Buches; dann schlägt sie das Buch zu, stellt es zurück und geht

Richtung Ausgang.

Als sie durch die Abteilung „Deutsche Geschichte" läuft, fällt ihr Blick auf einen ausgelegten Bildband; sie bleibt kurz stehen, dann verlässt sie den Laden.

07. Das Schloss

Die Umschlagseite des Bildbandes zeigt eine pittoreske Alleenlandschaft. Plötzlich beginnt das Foto zu leben: Ein dunkelblauer, perfekt erhaltener Saab 900 mit H-Kennzeichen rast über die einsame, idyllische Alleenstraße. Leichtsinnig überholt der Wagen einen LKW.

Victor sitzt am Steuer und hält krampfhaft das Lenkrad fest. Er sieht müde aus. Hastig öffnet er das Fenster und genießt den kühlen, frischen Wind.

Ein Stück entfernt landet ein kleines Privatflugzeug auf einem winzigen Flugplatz. Einige Segelflieger stehen längs der Flugaufsichtsbaracke.

Der Saab biegt von der Hauptstraße ab und gelangt nach wenigen hundert Metern zum Haupteingang von Schloss Lichtenfeld. Die Nachmittagssonne hüllt den riesigen Gebäudekomplex in weiches Licht. Alles wirkt friedlich.

Victor geht zum Haupteingang und klopft an der Tür. Doch sie ist verschlossen.

Aus der Sicht einer Überwachungskamera ist zu sehen, wie Victor vehement gegen die Tür klopft. Die Qualität der Aufnahme ist hervorragend und für einen Moment friert das Bild ein, so, als würde man ein Foto von Victor schießen.

Victor entdeckt eine kleine Glasplatte neben der Tür. Auf der

Glasplatte befindet sich die Zeichnung einer Klingel. Victor drückt mit dem Zeigefinger auf die Mitte der Glasplatte.

Aus der Perspektive hinter der Glasplatte entsteht ein Fingerabdruck. Er wird gescannt, Linien entstehen, bis neben dem Fingerabdruck die Daten und ein Foto der Person eingeblendet werden:

„Victor Corvin, 28, Student, Schriftsteller".

Schließlich die Einblendung:

„Es stehen weitere Informationen zur Verfügung".

Victor drückt noch einmal auf die Glasplatte, doch es erfolgt keine Reaktion, nur Stille und das Zwitschern der Vögel.

Plötzlich öffnet sich die Tür und ein hagerer, alter Mann mit Wanderhut und Trachtenanzug erscheint in der Türöffnung. Bevor Victor etwas sagen kann, bedeutet sein Gegenüber ihm, leise zu sein. Der Mann tippt, mit einem ärgerlichen Gesichtsausdruck, auf seine Armbanduhr; so, als wolle er sagen, Victor komme zu spät.

Der seltsame Alte schlurft ins Innere des Schlosses. Victor zögert, doch dann folgt er ihm und zieht hinter sich die Tür zu.

Der Mann stellt sich als Teilnehmer einer größeren Gruppe von Besuchern heraus, die alle auffallend wohlhabend aussehen. Man ahnt, dass sie es gewohnt sind, anderen Anweisungen zu geben. Die meisten Besucher tragen einen Trachtenanzug und sind über Sechzig.

Victor stellt sich zu der Gruppe.

Frau von Hansen führt die Besuchergruppe durch das Schloss. Die Dame ist ziemlich dick und trägt, um von ihrer Körperfülle abzulenken, einen südamerikanischen Poncho mit schreienden, bunten Farben. Im Gegensatz zu der düsteren, kühlen

Atmosphäre des Schlosses und seiner dunkelgrün gekleideten Besucher wirkt sie wie ein exotischer, bunter Vogel, welcher sich dorthin verirrt hat.

Frau von Hansen deutet auf ein großes Wandgemälde. Es zeigt einen Mann, dessen Gesichtszüge denen von Albert von Lichtenfeld ähneln. Allerdings ist er ziemlich beleibt. Der Mann posiert neben einem reichlich gedeckten Tisch.

»Und hier sehen wir Gottfried von Lichtenfeld. Das war sicher nach einer seiner üppigen Mittagstafeln. So gesehen müssten er und ich nahe Verwandte sein!«

Die Besucher lachen laut. Frau von Hansen fährt mit ihrer Führung fort.

»Einmal habe ich Albert von Lichtenfeld gefragt, wieso er das Schloss nicht renovieren lässt, die finanziellen Mittel habe ein erfolgreicher Industrieller wie er doch reichlich! Da meinte unser Schlossherr: ,Frau von Hansen, wenn ich hier die Handwerker hereinlasse, dann wird *eine Menge Staub aufgewirbelt* und dann werden die Presse und die Touristen kommen und unsere Idylle wäre dahin!'«

Victor bemerkt, dass einige der Besucher zufrieden nicken.

»Recht hat er! Wieso soll er den schönen Familiensitz derer von Lichtenfeld zu einem Spielzeugschloss japanischer Touristen machen, so wie das in London, Paris, Rom oder Madrid der Fall ist? Wenn ich nur an die Menschenmassen im Tower denke, wird mir schon schlecht! Nein, liebe Freunde, bleiben wir lieber unter Unseresgleichen und lassen den Pöbel außen vor!«

Zustimmendes Gelächter der Besucher. Dabei bemerkt Victor, dass jeder der Besucher ein goldenes Namensschild trägt. Alle Namen sind adelig: „Werner von Hoffert, Anna-

Maria von Vetinghausen, Sibylle von Wessel, Marco da Silva, Charles La Fayette, Duke Blomfield" und ähnliche.

Victor folgt der Führung durch die Räume. Die Wände wirken feucht, an manchen Stellen fehlt der Putz. Die meisten Räume sind leer, nicht jeder Raum hat einen Kamin.

Die Gruppe geht weiter. Victor schaut sich unruhig um, zieht abwesend die Flasche aus seiner Umhängetasche und nimmt einen Schluck.

Aus der Perspektive einer Überwachungskamera sieht man die Gruppe und Victor durch die verschiedenen Räume gehen. Victor entfernt sich von der Gruppe und schaut kurz in einen der Räume, in welche Frau von Hansen die Besucher nicht führt. Dann folgt er der Gruppe wieder.

»Und damit sind wir am Ende unserer Führung angelangt. Im großen Kaminzimmer warten nicht nur üppige Gaumenfreuden auf uns, wir werden auch Albert von Lichtenfeld begegnen und er wird uns . . . «

Victor kann sich nicht mehr zurückhalten, er unterbricht Frau von Hansen mitten im Satz: »Wo ist das Porträt von Coletta? . . . Der Coletta von Lichtenfeld?«

Frau von Hansen, sowie die gesamte Besuchergruppe drehen sich zu Victor um.

Frau von Hansen lächelt: »Da scheint sich jemand gut auszukennen! Herr von . . . ?«

Frau von Hansens Augen wandern suchend über Victors Jacke. Vergeblich: Sie kann sein Namensschild nicht entdecken.

Der alte Herr, welcher Victor vorhin hereingelassen hat, mischt sich ein: »Das kommt davon, wenn man nicht pünktlich ist: Eine Coletta von Lichtenfeld hat es nicht gegeben!«

Frau von Hansen mischt sich ein: »Doch, lieber Herrmann, ich muss leider korrigieren, es gab eine Coletta. Sie hat tatsächlich gelebt, nur wurde sie postum aus dem Familienbuch gestrichen. Colettas Lebenswandel war, für eine geborene von Lichtenfeld, absolut untragbar. Deshalb wurde auch kein Porträt von ihr angefertigt! Tatsächlich war sie verheiratet mit … «

Victor unterbricht sie energisch: »Es gibt ein Porträt von ihr! Es wurde übermalt, aber ich weiß, wie man ihre Gesichtszüge wiederherstellen kann! Mit dem Originalportrait müsste es gelingen! Ich habe ihr Gesicht gesehen!«

Frau von Hansen blickt süffisant in die Runde.

»Wann hat unser namenloser Vetter Colettas Gesicht wohl gesehen? Gestern Nacht? Bei einer Flasche Roten? Ich vermute, es hat sich dabei um ein höchst erlesenes Tröpfchen gehandelt!«

Die Schlossbesucher lachen, der alte Herr klopft Victor gönnerhaft auf die Schulter.

Victor muss sich beherrschen, um nicht ausfallend zu werden. Doch er lächelt entschuldigend und nickt zustimmend.

Frau von Hansen richtet ihre Worte nun wieder an die Gruppe: »Lassen Sie uns endlich unsere wohlverdiente Stärkung einnehmen und unserem phantasievollen Vetter ein Glas Alka-Seltzer bringen!«

Die Gruppe bewegt sich lachend in den nächsten Raum, Victor bleibt unauffällig zurück.

Aus der Perspektive einer Überwachungskamera sieht man, wie sich die Gruppe vor einem Buffet versammelt. Victor ist nicht mehr bei ihnen.

Er schleicht vielmehr durch die Räume des Schlosses, von

weitem ist das Stimmengewirr der Besucher zu hören.

Victor öffnet die Tür zu einem heruntergekommenen Trakt, in den Frau von Hansen die Gruppe nicht geführt hat. Unter Victors Schuhen knarrt der alte Holzfußboden.

Die Überwachungskameras beobachten, wie Victor ziellos durch verschiedene Räume eilt. In nur wenigen Zimmern schießt die helle Morgensonne herein, in den meisten anderen sind dicke Vorhänge vor die großen Fenster gezogen.

Wie in einem Irrgarten schleicht Victor umher. In einem der oberen Stockwerke steht er plötzlich in einem kleineren Raum, dessen Wände vollkommen kahl sind. Bis auf eine Ausnahme: Beinahe hätte Victor das übersehen, was über einem verstaubten Kamin hängt: Ein leerer Bilderrahmen. Es ist derselbe Rahmen wie auf der Abbildung in dem Buch aus der Bibliothek. Dieser Raum muss das „Kleine Kaminzimmer" sein!

Victor starrt fasziniert auf das „leere" Gemälde. Lange Zeit kann er keinen Schritt vor den anderen setzen. Endlich hat er gefunden, was er sucht. Wie das Kaninchen vor der Schlange starrt er darauf.

Ein Schweißtropfen läuft an Victors Wange herunter und verschwindet in seinem Hemd.

Schließlich, nach einem langen Moment, „wacht" Victor auf und nähert sich dem Bild.

Der Türgriff einer Seitentür wird nach unten gedrückt, während sich Victor Schritt für Schritt dem Bild nähert. Er atmet schnell, sein Gesichtsausdruck wirkt wie der eines Verliebten.

Ein Mann betritt leise den Raum, seine Schuhe sehen

konservativ und edel aus, eine Handarbeit.

Victor erreicht das Bild. Er beugt sich, so nahe wie möglich, an es heran.

In Victors Pupillen spiegelt sich das Portrait. Plötzlich, im Näher kommen, erscheint auf der leeren, mit weißer Farbe übermalten Leinwand, ein leichter grüner Schleier. Nach und nach ist zu erkennen, dass es ein grüner, durchsichtiger Schal ist, dann mit einem Mal, ähnlich wie vorher in der Bibliothek, die Umrisse einer Frau.

Victors Augenlieder zucken aufgeregt, sein Herzschlag ist zu hören.

»Hmh . . . !«

Ein Räuspern sorgt dafür, dass der Spuk mit einem Schlag vorbei ist.

Victor fährt herum und starrt die Person perplex an, welche vor den Türflügeln der Seitentür steht. Es ist Albert von Lichtenfeld, der Schlossbesitzer.

Da Victor nichts sagt, glaubt Albert, Victor wisse nicht, woher sie sich kennen.

»Sehe ich das richtig? Sie erinnern sich nicht an mich?«

»Ich . . . «, Victor scheint verwirrt.

»Wir waren Gäste in der gleichen Fernseh-Gesprächsrunde. Albert von Lichtenfeld, Sie befinden sich auf meinem Familienbesitz«, hilft ihm Albert auf die Sprünge.

Victor fasst sich nur langsam wieder.

»Ja, natürlich . . . Imposant. Na ja, nicht überall. Die Fassade blättert, an manchen Stellen sogar gewaltig.«

Er versucht, gleichgültig zu wirken und mit einer überheblichen Geste auf den Kamin zu deuten. Doch als sein

Blick das Gemälde der Coletta trifft, ist Victor irritiert. Albert entgeht dies nicht. Der grauhaarige Mann deutet auf das übermalte Bild und fragt lächelnd: »Junger Mann, was sehen Sie?«

»Ich bin mir noch nicht sicher. Sparsame Farbgestaltung, vornehme Blässe, sicher gut erzogen – eine Verwandte von Ihnen?«, antwortet Victor ironisch.

Albert lässt sich von Victor nicht aus der Ruhe bringen.

»Sie werden es kaum glauben, aber in meiner Familiengeschichte gibt es tatsächlich ein schwarzes Schaf.«

Victor ahmt, gespielt entsetzt, den distinguierten Tonfall Alberts nach: »Afrika? Herr von Lichtenfeld, das würde ja bedeuten . . . «

Albert übergeht die freche Anspielung Victors.

»Coletta von Lichtenfeld war die Tochter von Gustav von Lichtenfeld, Graf auf Schloss Wenigerode, Linie Vier, Pölten. Die Familienchronik vermag nicht zu sagen, wieso sie sich so verhalten hat, wie sie es tat. Ich kann nur so viel sagen: Schon in der Hochzeitsnacht, am 17. 4. 1783, betrog sie ihren Ehemann Ernst-August und in den folgenden Jahren wurde es immer schlimmer. Eine Scheidung kam wegen der Kirche nicht in Frage, jedoch strich der Familienrat nach Colettas Tod ihren Namen aus den Büchern und ließ das einzige Porträt von ihr übermalen. Coletta ist für unsere Familie nicht existent.«

Victor hat Albert aufmerksam zugehört.

»Da kann man nur hoffen, dass der Stammbaum *Ihrer* Linie stimmt. Nicht dass da mal ein bürgerliches Dienstmädchen oder eine Köchin dazwischen war und Sie gar nicht so blaublütig sind, wie Sie glauben!«

Albert kocht innerlich, lässt sich aber nichts anmerken.

Victor hingegen wird mit einem Mal unruhig.

»Ich finde allein hinaus . . . ich brauche frische Luft.«

Er verlässt grußlos den Raum, Albert sieht ihm kalt hinterher.

»Auch Sie sind also zu einem dramatischen Abgang fähig – bravo! Aber merken Sie sich eines: Sie werden sich immer zu ihrer Herkunft bekennen müssen!«

Victor schaut sich nicht um. Er spürt jedoch genau, dass der Schlossherr ihn hasserfüllt beobachtet.

Im Gehen sucht Victor hastig die Räume ab. So unauffällig wie möglich nähert er sich im nächsten Zimmer dem Kamin. Am Brett oberhalb der Feuerstelle entdeckt er die Linse einer winzigen Kamera, sowie die kaum sichtbaren Spuren der Verkabelung.

Aus der Perspektive einer Überwachungskamera sieht man wie Victor sich unauffällig dem Objektiv nähert, kurz herschaut und dann, als sei nichts gewesen, weitergeht und seinen Weg nach draußen fortsetzt.

Victor verlässt das Schloss. Die große Eingangstür schnappt mit einem lauten Geräusch zu. Victors Blick fällt auf eine kleine Kamera oberhalb des Eingangs.

Dann steigt er in seinen Wagen und fährt davon.

»Was war passiert: Wie es schien, konnte Victor etwas auf dieser weißen Leinwand sehen, was andere nicht sehen konnten. Doch viel wichtiger war die Tatsache, dass Victor innerhalb kürzester Zeit gleich zweimal eine Empfindung für jemanden verspürte, eine tiefe Empfindung! Einmal für Kahlo *und ein weiteres Mal für eine Frau, die bereits seit über 200 Jahren tot war! Und Victors Verlangen nach Coletta wurde größer und größer, je weiter er sich von Schloss Lichtenfeld entfernte, . . . «*

Victors Wagen verlangsamt sich. Die Räder rollen aus und kommen zum Stehen. Victor hält krampfhaft das Lenkrad fest und starrt ins Leere.

» . . . Er musste dieses Bild haben! Musste! Alles würde er daran setzen, es zu bekommen, alles! Er wollte dieses Bild, er wollte . . . diese Frau! Warum genau er das wollte, wusste er nicht, aber er war so erschlagen von dem Gefühl, das plötzlich auf ihn einstürmte, dass er, außer an Coletta, nichts anderes mehr denken konnte . . . «

Vor Victors innerem Auge taucht das Schloss auf – übermächtig. Die Außenwand des Gebäudes löst sich plötzlich in Nichts auf, gleich darauf nach und nach alle Räume, bis schließlich nur noch der Kamin in dem Raum zu sehen ist, in dem der Bilderrahmen hängt – das übermalte Porträt der Coletta.

Victor sitzt bewegungslos hinter dem Steuer und starrt geradeaus in die Landschaft. Wie im Zeitraffer vergeht die Zeit. Abwesend nimmt er irgendwann einen Schluck aus der Flasche.

Mit einem Mal schreckt er hoch – er hat eine Entscheidung getroffen und zieht sein Mobiltelefon hervor, tippt einen Namen in der Anrufliste an und wartet.

»Ich bin's. Ich brauche Kahlos Nummer. Nein, Karl, das ist

nicht ‚meine übliche Nummer'. Sag schon.«

Victor schreibt eine Telefonnummer unter den Computerausdruck des Portraits von Coletta.

»Danke. Ich melde mich später . . . Ja, bestimmt.«

Er beendet das Gespräch und wählt die Nummer, welche unter dem ausgedruckten Porträt steht. Während die Verbindung hergestellt wird, schaut Victor auf das kaum zu erkennende Gesicht.

Kahlo sitzt in ihrer Wohnung an ihrem Arbeitstisch. Sie trägt eine Brille. Ihr Smartphone klingelt und sie nimmt den Anruf entgegen.

»Victor hier.«

Kahlo ist ziemlich überrascht. Dann aber hellt sich ihre Mine auf und sie beginnt zu flirten: »Oh, Herr von Corvin! Wie gerne würde ich heute Abend mit Ihnen Essen gehen, aber leider, leider müssen Sie ja noch arbeiten. Schade, wirklich schade.«

Victor bleibt kühl.

»Kahlo, lassen wir's. Wenn wir uns an der Uni sehen, können wir uns gern grüßen, das war's aber dann auch. Du bist mir nicht unsympathisch, ich will dich nicht verletzen.«

»Was . . . ?«, Kahlo ist fassungslos.

Victors Stimme stockt.

»Nein, nicht unsympathisch, das ist es nicht . . . ich finde dich . . . ziemlich . . . «, Victor unterbricht sich und denkt nach. Er ist irritiert, weiß plötzlich nicht, wie er sich verhalten soll.

Kahlo hat ihr Smartphone auf Lautsprecher gestellt und legt es auf ihrem Schreibtisch ab; abwesend schubst sie die Maus ihres Computers hin und her. Nach einiger Zeit fragt sie irritiert: »Victor . . . ? Bist du noch dran?«

Victor antwortet prompt: »Ich bin noch dran . . .«

Auf dem Schreibtisch vor Kahlo steht ein großer Flachbildschirm. Darauf sind verschiedene Texte und Bilder nebeneinander geöffnet.

Bei einigen der Dokumente handelt es sich um die Fotos, die sie mit ihrem Smartphone in der Buchhandlung gemacht hat. Sie geben den Artikel eines populärwissenschaftlichen, medizinischen Buches wieder; diverse einfache Schaubilder über biochemische Zusammenhänge weisen darauf hin. Die Headline lautet: „8. Alexithymie – Der Eisblock im Kopf"

Kahlo durchbricht das Schweigen und wird wütend: »Karl hat recht: Du bist krank! Krank! Kein Gefühl, für nichts und niemanden! Im Medizinischen wird dein Problem ‚Alexithymie' genannt! Gefühlskälte! Karl hat bestimmt nicht den Schneid gehabt, dir das mal ganz klar zu sagen. Hab ich recht? . . . Lass dich untersuchen! Du . . . «

Victor reagiert nicht auf Kahlos Gefühlsausbruch. Er unterbricht sie und meint sachlich: »Ich muss hier was klären. Ich weiß nicht, ob ich mich noch mal melde.«

Ohne eine Antwort abzuwarten beendet Victor das Gespräch. Verstört schaut er auf das Display seines Telefons – so lange, bis es erlischt.

Kahlo ist geschockt. Wütend knallt sie mit der Hand auf den Tisch und reißt die Brille herunter. Dann sinkt sie mit einem Schluchzen in sich zusammen, so als bereue sie ihre Reaktion zutiefst.

08. Coletta

Victor fährt den Saab an eine versteckte Stelle des Weges, steigt aus und geht zu Fuß zum Schloss zurück. Doch er nähert sich diesmal nicht dem Haupteingang, sondern der linken Seite des Gebäudekomplexes.

Er findet eine kleine Kellertür und drückt dagegen. Sie ist offen. Victor wundert sich, doch dann stößt er die Tür auf und geht in das dunkle Gebäude.

Victor schleicht durch die Gänge des Schlosses. Die Stimmung kommt ihm eigenartig vor: Die meisten Vorhänge sind zugezogen und halten das helle Sonnenlicht ab.

Dann steht er im „Kleinen Kaminzimmer", in dem sich das übermalte Gemälde der Coletta von Lichtenfeld befindet.

Mehrere Schweißtropfen laufen an Victors Wange herunter. Am Kinn vereinen sie sich zu einem großen Tropfen, der schließlich zu Boden fällt. Auf dem langen Weg nach unten kristallisiert er sich und wird zu Eis. Als er auf dem Parkett aufschlägt zerplatzt das Eis in tausend kleine Splitter.

Victor hört den hellen Ton und erschreckt: Er beugt sich zu Boden und schaut die winzigen Eissplitter an. Doch dann lenkt ihn das „leere" Porträt ab: Es zieht ihn magisch an und lässt ihn alles andere vergessen. Victor nähert sich dem Gemälde und wartet darauf, dass die Gesichtszüge der Coletta erscheinen.

Nichts passiert.

Victor konzentriert sich, doch Colettas Gesicht zeigt sich nicht.

Das Bild bleibt „leer".

Auch aus der Perspektive einer Überwachungskamera sieht

man nur das leere Bild. Davor Victor, der das Bild immer verzweifelter anstarrt.

Plötzlich sind von weit entfernt Schritte, Stimmen und Hundegebell zu hören.

Im Hintergrund läuft eine Frau vorbei. Victor fährt herum und sieht, nur einen sehr kurzen Moment, ihr Gesicht. Victor glaubt, sie zu kennen. Er überlegt: Soll er bleiben oder der Frau folgen? Obwohl er sich der Anziehung des Bildes kaum entziehen kann, eilt er der Frau hinterher. Sie trägt einen Schal mit derselben grünen Farbe, wie die Erscheinung in der Bibliothek.

Victor folgt den Schritten der Frau. Die Stimmen und das Hundegebell nähern sich.

Beinahe hätte Victor es übersehen: In einem der vielen Räume, durch die er den Schritten der Frau folgt, entdeckt er den grünen Schal. Nur ein kleiner grüner Zipfel Stoff schaut unter einem Gemälde hervor.

Das Kunstwerk ist riesig, es reicht vom Boden bis fast zur Decke. Victor kennt das Motiv gut: Es zeigt den Park vor dem Schloss und das Schloss selbst. Das Gemälde muss alt sein, denn die Bäume im Park sind viel kleiner als sie heute aussehen.

Hinter Victor werden die Schritte und das Hundegebell immer lauter. Er atmet schnell.

Plötzlich klappt das riesige Schloss-Gemälde aus der Wand heraus und Victor entgegen. Eine schmale, etwa körpertiefe Geheimkammer kommt dahinter zum Vorschein.

Victor traut kaum seinen Augen. Dort steht – Kahlo!

Oder jemand, der ihr unheimlich ähnlich sieht.

Die Frau ist angezogen wie Frauen sich vor gut 200 Jahren gekleidet haben.

Victor versteht nicht. Fassungslos spricht er sie an: »Kahlo . . . ?«

Statt einer Antwort schaut die junge Frau ängstlich in Richtung der Verfolger und bedeutet Victor, still zu sein.

»Psst . . . !«

Sie winkt und signalisiert ihm, zu ihr zu kommen. Victor ist wie gelähmt. Da er nicht reagiert, zieht sie ihn einfach zu sich in die enge Kammer.

Eine Überwachungskamera filmt, wie Victor in der Kammer verschwindet. Da die Frau schon vorher hinter dem Bild verschwunden sein muss, ist sie auf dem Monitor nicht zu sehen.

Victor befindet sich nun in der dunkeln Kammer hinter dem Bild. Die Hunde bellen. Die Frau gibt Victor stumm zu verstehen, sich nicht zu rühren.

Vom Gemäldezimmer her sind die beiden nicht zu sehen.

Sie stehen sehr eng beisammen. Victor atmet vorsichtig, die Kammer ist dunkel. Als er wieder etwas sagen will, legt die Frau ihre Hand auf seinen Mund und lässt sie dort. Eng drückt sie sich an ihn.

Die Schritte kommen näher und verstummen direkt vor dem Gemälde. Die Hunde bellen wütend.

Es müssen zwei Hunde sein. Sie klingen böse. Laute Rufe sind zu hören. Schließlich bellen die Tiere wieder. Victor und der Frau kommt es so vor, als könnten sie den Atem der Hunde spüren. Wütende Kommandos folgen. Endlich entfernen sich die Tiere. Außen wird es still, nur die leiser werdenden Stimmen und das Hundegebell sind zu hören.

Die Frau atmet erleichtert auf. Victor kann sie kaum erkennen. Die beiden sehen sich an. Victor will etwas sagen, doch die Frau legt ihren Zeigefinger auf Victors Mund. Ihre Gesichter sind nur zwei Handbreit voneinander entfernt. Dann zieht sie plötzlich seinen Kopf zu sich heran und küsst ihn. Victor ist vollkommen überrumpelt, lässt es aber geschehen. Schließlich löst sich die Frau genau so abrupt wieder von ihm. Sie schiebt vorsichtig das große Gemälde von der Wand. Selbst das diffuse Licht des Raumes blendet Victor. Jetzt sieht er zum ersten Mal, ganz nah, das Gesicht der Frau, welche vor ihm steht. Er kann es nicht fassen, nun ist er sich sicher: Das ist Kahlo! Zwar hat sie blonde Haare, nicht schwarze, wie sonst; ihre Haut ist leicht gepudert und auf der linken Wange hat sie einen Schönheitspunkt. Doch Victor ist sich sicher: Vor ihm steht Kahlo! Diese Augen sind die von Kahlo!

»Kahlo! Was machst du hier?«

Die Frau reagiert empört.

»Kahlo? Wer ist Kahlo?!«

Victor ist nun außer sich.

»Was soll das Theater? Was . . . «

Die Frau unterbricht ihn.

»Ich kenne weder Sie noch ist mir eine Kahlo bekannt! Und vergessen Sie den Kuss, wie konnte es nur dazu kommen?!«

»Was soll die Verkleidung? Wo ist Karl? Runter mit der Perücke!«.

Victor zieht an den blonden Haaren der Frau.

»Aua! Was erlauben Sie sich?«

Plötzlich bellen, weit entfernt, wieder die Hunde.

Die Frau reagiert ängstlich.

»Die Hunde! Wir sind hier nicht mehr sicher, noch mal können wir sie nicht täuschen!«

Sie klettert schnell aus dem Versteck, Victor folgt ihr. Dann klappt die Frau das Bild wieder an die Wand.

»Schnell, ich weiß, wohin!«

Die bellenden Hunde kommen näher. Die Frau zieht Victor durch verschiedene heruntergekommene Räume des Schlosses. Plötzlich hält Victor sie zurück, stellt sich neben die nächste Tür und deutet auf eine Stelle des Türrahmens. Unter einem weißen Stuck-Ornament ist eine winzige Kamera versteckt.

Die Frau versucht vergeblich zu erkennen, was Victor ihr zeigen will.

»Eine Schnur. Ja, und?«

Victor flüstert: »Das ist eine Kamera!«

»Eine Kamera? Was ist das, ein Tier?«

Victor schaut sie misstrauisch an.

»Du behauptest, nicht Kahlo zu sein und du weißt nicht, was eine Kamera ist? Und wenn sie nicht gestorben sind, dann . . . «

Die Frau wird wütend.

»Ich heiße nicht Kahlo! Ich heiße Coletta, Coletta von Lichtenfeld!«

Sie wird rot vor Wut. Victor schaut sie fassungslos an.

Ohne zu warten, ob Victor ihr folgt, rast Coletta durch das nächste Zimmer und schlägt auf einmal den Weg in einen noch baufälligeren Trakt des Schlosses ein. Die Räume sehen verwahrlost aus und man kann sicher sein, dass sie keinem Besucher bei den Schlossbesichtigungen gezeigt werden. Die meisten Zimmer haben einen Kamin, doch alle machen den Eindruck, als würden sie seit Langem nicht benutzt werden. Das Licht ist fahl und kalt, nirgends sind elektrische Leitungen zu entdecken. So wie Victor sehen kann, scheinen in diesem Teil des Schlosses auch keine Überwachungskameras angebracht worden zu sein.

In manchen Räumen ist der Weg zwischen der einen Tür und der nächsten vom Staub gesäubert, so wie man im Winter bei Schneefall einen schmalen Weg frei räumt. Würde man diesen „Weg" verlassen, dann würde jeder Fußabdruck auf der Staubschicht links und rechts des „Weges" sofort verraten, dass sich jemand in diesem Zimmer aufgehalten hat.

Coletta stürmt von Raum zu Raum, Victor folgt ihr. Das Bellen der Hunde wird leiser. Schließlich kommen beide nach endlosen Richtungsänderungen in einen großen, düsteren Raum. Die meisten Fenster sind mit dicken Vorhängen verhängt, überall stehen Möbel, die jedoch zugedeckt sind. Auch über allen Gemälden hängen, bis zum Boden, große Tücher. Coletta eilt zielstrebig in eine Ecke. Dort liegen auf dem alten Parkett mehrere dicke, schwere Vorhänge aufeinander. Die meisten sind zerrissen, viele glänzen noch, trotz ihres Alters.

Coletta und Victor stehen sich gegenüber und atmen schwer.

»Hier sind wir sicher!«, sagt Coletta.

»Pssst . . . !«, Victor horcht angestrengt, ob die Hunde noch zu hören sind.

„Sie wagen sich nicht in diese abgelegenen Räume«, gibt Coletta Victor leise zu verstehen.

Plötzlich schaut sie ihn seltsam an. Männer faszinieren sie offensichtlich, sie kann sich ihnen nicht entziehen. Coletta lächelt verführerisch: »Wie kann sich ein gut aussehender, junger Herr wie Sie nur so flegelhaft benehmen?«

»Was . . . ?«, Victor schaut sie entgeistert an.

Coletta legt ihre Arme um Victors Hals.

»Kahlo hat noch niemand zu mir gesagt! Das muss der junge Herr sofort wieder gutmachen.«

Sie zieht Victor an sich und küsst ihn. Victor wehrt sich.

»Halt, Moment, ich . . . «

Coletta legt Victor den Zeigefinger auf den Mund.

»Wer auch immer Sie sind, schöner Herr, hören Sie auf zu denken und genießen Sie. Pssst . . . «

Sie zieht Victor auf das „Bett" aus Vorhängen und wie in Zeitlupe versinken beide darin.

Victor und Coletta lieben sich. Doch während Coletta sich ihrem neuen Liebhaber voller Leidenschaft hingibt, hält Victor plötzlich für einen Augenblick inne und horcht, ob die Verfolger ihnen nach wie vor auf den Fersen sind. Aber Coletta zieht ihn wieder zu sich hinunter, umschlingt ihn begierig und bringt Victor schließlich dazu, alles um sich herum zu vergessen.

Victor stellt keine Fragen mehr, er lässt sich in Colettas Armen fallen. Schließlich überzieht ein Lächeln sein Gesicht, doch es ist anders als sonst: Victor wirkt zum ersten Mal entspannt und glücklich. Für ihn könnte alles immer so bleiben.

09. Schatten der Vergangenheit

Spät in der Nacht erwacht Victor. Nur langsam gewöhnen sich seine Augen an die Dunkelheit. Er richtet sich mühsam auf und schaut sich fragend um. Dann fällt ihm ein, wo er sich befindet, aber er ist irritiert: Der Raum mit den zugedeckten Möbeln wirkt, anders als vorher, trist und kalt. Coletta liegt neben Victor, eingehüllt in einen dicken Samtvorhang. Ihr Gesicht ist unter ihren Haaren verborgen. Sie schläft.

Eine seltsame Traurigkeit überkommt Victor – so wie immer, „danach". Er steht leise auf, zieht sich an und schleicht davon. Alle Nebenräume sind, bis auf mehrere kaputte Stühle und einige alte Kisten, leer. Victor setzt vorsichtig einen Fuß vor den anderen. Immer wieder entdeckt er Stellen im Parkett, in denen Bretter entweder ganz fehlen oder große Lücken klaffen.

In einem kleinen Turmzimmer des Schlosses setzt sich Victor an das winzige Dachfenster. Draußen ist es stockdunkel, weit und breit ist kein Licht zu sehen. Lediglich das diffuse Licht eines wolkenverhangenen Mondes lässt hier und dort vage einen Umriss erkennen. Victor zieht sein Mobiltelefon hervor und wählt einen Namen aus der Anrufliste.

Es klingelt lange. Dann meldet sich, ziemlich verschlafenen, Karl.

»Ja . . . ?«

Victor fängt sofort an zu reden.

»Karl! Es ist wieder passiert!«

»Was?«

»Es ist wieder passiert: Ich treffe eine Frau, denke, das ist sie, wir schlafen miteinander, ich wache auf – und es langweilt mich!«

Karl gähnt laut.

»Was . . . ? Wo bist du?«

»Es langweilt mich, so wie immer! Ich empfinde nichts, kein Gefühl – so wie Kahlo gesagt hat! Was ist nur mit mir los . . . ?«

Karl klingt nun hellwach.

»Victor, wo bist du?«

»Das glaubst du nicht! Sag mir zuerst, wo Kahlo ist?«

»Kahlo? Wieso . . . «

»Ist sie bei dir?«

Karl wirkt verärgert.

»Was? Wieso soll Kahlo bei mir sein? Es ist drei Uhr nachts! Heiße ich etwa Victor?«

»Du weißt also nicht, wo sie jetzt ist?«

»Du siehst sie noch früh genug, sie will morgen zu deinem Vortrag kommen. Wo bist du denn?«

Neben einem Monitor beginnt ein rotes Licht zu blinken. Aus der Perspektive einer Überwachungskamera sieht man, was vor wenigen Augenblicken passiert ist: Victor kommt in das kleine Turmzimmer, setzt sich ans Fenster, zieht das Mobiltelefon hervor und telefoniert. Die Kamera springt stückweise näher und schwenkt am Ende zur Seite. Jetzt ist Victor genau in der Bildmitte zu sehen. Doch noch sind Licht und Ton nicht optimal. Plötzlich erscheint eine kleine Anzeige auf dem Bild, dann ändert sich die Auflösung und in mehreren Stufen wird die Empfindlichkeit der Kamera verändert. Am Ende der automatischen Anpassung ist Victor gut zu sehen. Auch die Übertragung der Stimme passt sich automatisch an: Zuerst ist ein Rauschen zu hören, doch dann, nachdem sich einige Filter einschalten, versteht man Victors Worte klar und deutlich.

»Wann hast du Kahlo zuletzt gesehen? Komm schon, wach endlich auf, es ist wichtig!«

Karl denkt nach.

»Irgendwann heute Abend . . . Sie war ziemlich geknickt, sicher hatte sie schon Sehnsucht nach dir. Jetzt sag mir endlich . . . «

Victor wirkt nun hyperaktiv.

»Es ist dermaßen verrückt, das glaubst du nicht! Diese Frau hier ist wie ein Spiegelbild von mir: Sie nimmt sich, was sie kriegt, aber alles ohne Gefühl. Die ist wie ich!«

So, als hätte er eine Bewegung vernommen, sieht Victor sich im dunklen Turmzimmer um. Er scheint etwas entdeckt zu haben.

Karl ruft ins Telefon: »Victor? Was ist los? Siehst du irgendwelche . . . Gespenster? Passiert irgendwas Ungewöhnliches?«

»Das kannst du laut sagen!«

Plötzlich schaut Victor direkt in die Kamera. Sein Gesicht bekommt einen erstaunten Ausdruck. Er steht auf und geht genau auf sie zu.

»Was ist denn das?«

Karl wirkt beunruhigt.

»Was ist los? Victor?«

»Da leuchtet was. Irgend so ein kleines, blaues Licht. Genau über der Tür, kaum zu erkennen.«

Karls Stimme klingt plötzlich ziemlich aufgeregt.

»Victor, warte! Ich muss mit dir reden!«

»Sei still! Da ist so ein leiser, hoher Ton. Genau da, wo dieses Licht herkommt!«

Aus der Perspektive der Überwachungskamera sieht man, dass Victor sich der Kamera nähert. Die Kamera „verfolgt" Victor automatisch und stellt die Schärfe nach.

»Victor . . . ?«

Plötzlich wird der helle Ton lauter, Karls Stimme gleichzeitig leiser, dann wird dessen Stimme durch ein aggressives Rauschen vollkommen überdeckt.

Schließlich Stille.

Victor schaut auf sein Telefon. Das Symbol für die Empfangsqualität nimmt stufenweise ab, bis es ganz verschwindet. Auf dem Display erscheint: „Keine Verbindung!"

»Mist! Ausgerechnet jetzt!«

Victor dreht sich zu der Quelle des blauen Lichts. Ein winziger Lichtpunkt, genau in der Mitte eines alten, abgeblätterten Ornaments.

Plötzlich hat Victor eine Idee: Er dreht sich um, geht ins nächste Zimmer und schaut sich das Ornament über der Tür an. Volltreffer: Auch hier ist ein winziger, blauer Lichtpunkt zu sehen. Victor geht ein Zimmer weiter: Hier kann er ebenfalls genau in der Mitte des Ornaments das blaue Licht erkennen. Er steigt auf einen Stuhl, zieht einen Kuli hervor und kratzt neben dem Lichtpunkt in das Ornament. Weißer Gips rieselt nach unten.

Plötzlich hört Victor, weit entfernt, eine Kinderstimme.

»Papa! Papa!«

Victor erstarrt: Er kennt diese Stimme! Hier *diese* Stimme zu hören ist der blanke Horror für ihn! Es ist Livias Stimme, die Stimme seiner Tochter!

»Livia . . . ??!«

Victor springt vom Stuhl. Er vergisst die blauen Lichter und folgt, mit irrem Blick, der Kinderstimme.

»Papa! Wo bist du? Papa!?«

Victor rast durch die Zimmer, schlägt mal die eine, mal die andere Richtung ein. Er rennt, horcht wieder, rennt dann weiter. Die Stimme kommt von oben, vom Dachboden über dem bewohnbaren Dachgeschoss. Die Räume werden immer baufälliger.

»Livia . . . !!!«

Victor entdeckt eine schmale Treppe, die zum Dachboden führt. Auf dem Geländer und den alten Holzstufen liegt eine dicke, unberührte Staubschicht. Victor stolpert nach oben.

Der Dachboden ist dunkel, überall stehen kaputte Möbel. Alles ähnelt einer historischen Sperrmüllsammlung.

Plötzlich sieht Victor, genau in der Mitte des schmalen, langen Raumes, Livia! Das Mädchen ist circa acht Jahre alt und hat Victors Gesichtszüge. Livia steht unbeweglich da und schaut Victor mit großen Augen an. Sie wirkt ausdruckslos wie eine Puppe, fast ein bisschen abweisend.

Victor kann es nicht fassen: Livia – hier? Erschrocken hält er inne.

Livia bewegt mechanisch die Hand und bedeutet ihm, zu ihr zu kommen. Auf dem Boden vor dem Mädchen stehen keine Möbel, der Raum wirkt seltsam frei geräumt und die Dielen sehen vermodert aus. Obwohl Victor ahnt, dass hier etwas nicht stimmen kann, sieht er dem winkenden Mädchen in die Augen, dann gibt er sich einen Ruck und geht auf sie zu.

Plötzlich, als habe er es erwartet, bricht Victor kurz bevor er Livia erreicht, durch den Holzboden. Er fällt in die Tiefe, kann sich aber im letzten Moment an einem abgebrochenen Balken festhalten. Er schaut nach oben, Staub und Holzsplitter kommen ihm entgegen und rauben ihm die Sicht.

Victor öffnet die Augen wieder und blinzelt heftig. Das Mädchen schaut ihn an: Es grinst hämisch, dann lacht es und rennt davon.

Über Victors Wange rinnt eine Träne, wird zu Eis, löst sich

und fällt in die Tiefe. Ganz leise kann er, irgendwo unter sich, das Geräusch des zersplitterten Eises hören.

Victor will zu seiner Tochter: Er versucht, sich hoch zu ziehen, aber er kann sich nicht halten und stürzt in die Tiefe.

Doch Victor stirbt nicht, er landet auf mehreren leeren Kartons, die fein säuberlich aufeinander gestapelt sind. Ein Bewegungsmelder hat ein kühles Licht im Raum eingeschaltet.

Victor rappelt sich hoch und sieht sich um: Was für ein seltsamer Raum? Überall stehen Kartons, manche leer, in anderen befinden sich alte, verstaubte Bücher.

Victor geht zur Tür und versucht, sie zu öffnen, sie ist jedoch fest verschlossen.

Er entdeckt ein kleines Fenster, welches von einer Dachgaube nach draußen führt. Das Fenster ist der einzige offene Ausgang. Mühsam zwängt er sich durch die enge, halbrunde Öffnung und steigt schließlich auf das leicht abfallende Dach. Mit den Schuhen stützt er sich an der bemoosten Regenrinne ab. Die Rinne gibt leicht nach, Victor muss sich festhalten. Er wartet und überlegt. Der Blick nach unten macht ihn schwindelig, er muss die Augen schließen.

„Was passiert mit mir . . . «, murmelt er. Dann erschüttert ein heftiges Schluchzen seinen Körper. Victor reißt die tränenerfüllten Augen auf und kann gerade noch verhindern, dass er das Gleichgewicht verliert und in die Tiefe stürzt. Er schaut in den Abgrund und für einen Augenblick hat es den Anschein, als ob er seinen Gefühlen nachgeben und einfach loslassen wird.

Mehrere Tränen lösen sich von Victors Wange und prallen nacheinander, zu Eis gefroren, auf den Rand der Dachrinne. Durch einen Tränenschleier hindurch beobachtet Victor, wie sie in Tausend Splitter zersprungen. Er gibt sich keine Mühe, seinen Schmerz zu verbergen und lässt seinen Gefühlen freien Lauf. Während er sich mit einer Hand wankend an dem Fallrohr der Dachgaube festhält, regnet ein Schauer aus Eistropfen auf die Dachrinne nieder. Das prasselnde Geräusch erinnert an einen einsetzenden Gewitterregen.

»Victor . . . !«

Coletta steht plötzlich am Fenster.

»Victor! Nicht springen!«

Victor richtet sich auf, wischt sich flüchtig die Tränen von der Wange und entgegnet unwirsch: »Lass mich allein!«

»Du bist nicht schuld daran!«

»Woran?«, brüllt Victor.

»Dass sie dich verlassen hat.«

»Wer soll mich verlassen haben?!« Victor schaut Coletta hasserfüllt an.

»Saskia, deine Frau, hat dich verlassen. Und Livia, eure Tochter, hat sie einfach mitgenommen. Livia vermisst dich, aber wenn sie bei dir wäre, würde sie ihre Mutter vermissen.«

Victor wird wütend: »Was . . . woher weißt du das alles?«

Coletta lässt sich nicht beirren: »Komm wieder rein . . . «

Victor unterbricht sie und brüllt: »Woher weißt du das ?!"

Er schaut nun Coletta direkt in die Augen und hat dafür seinen Stand verändert; Victor wankt und droht jeden Moment rückwärts vom Dach zu stürzen.

Doch Coletta bleibt ruhig: »Gibt mir deine Hand.«

Ihre Blicke treffen sich.

»Gib sie mir . . . bitte«, fährt sie in beschwichtigendem Tonfall fort.

Victor stützt sich mit einer Hand auf dem steilen Dach ab, weigert sich jedoch nach wie vor, Colettas Aufforderung zu folgen. Er ist verzweifelt: »Aber da . . . da war meine Tochter. Wieso ist Livia hier? Sie hat über mich gelacht, sie hat mich zu sich gelockt, damit ich abstürze! Ich verstehe das alles nicht … «

Coletta schaut Victor beschwichtigend an.

»Das war nicht Livia.«

»Das war sie! Auch wenn ich sie seit einem Jahr nicht mehr gesehen habe! Livia sieht aus, als wäre sie keinen Tag älter geworden!«

»Komm wieder herein. Die Dachrinne sieht brüchig aus«, erwidert Coletta nun mit Nachdruck.

Victor gerät erneut in Rage: »Wieso tut sie das? Wieso hat Saskia sich vor mir versteckt? Sich und Livia! Unsere Tochter kann doch nichts dafür!«

»Nicht alle Frauen betrügen dich. Und du musst nicht alle Frauen dafür bestrafen, dass Saskia jemanden getroffen hat, den sie mehr liebt als dich.«

Nun wird Victor aggressiv.

»Wieso sagst du immer genau das Richtige? Woher weißt du das alles? Wer bist du?»

Coletta antwortet nicht, sie streckt nur ihre Hand aus.

Und dann, ohne weiter nachzudenken, rafft sich Victor auf und klettert durch das Fenster zurück in den Raum mit den vielen leeren Kartons.

Coletta umarmt Victor – lange. Er zittert am ganzen Körper, sein Blick ist gehetzt. Coletta streichelt seine Wange.

»Morgen erzähl ich dir alles. Jetzt musst du schlafen.«

Victor schaut sie verzweifelt an.

»Wer du auch bist, du darfst mich jetzt nicht alleine lassen!«

Coletta lächelt Victor an.

»Nie mehr. Pssst . . . «

Sie zieht ihn neben einen Stapel von Kartons. Er vergräbt sein Gesicht an ihrer Schulter.

Victor murmelt: »Da . . . da war meine Tochter! Wieso . . . ?«

Coletta lächelt, dann küsst sie ihn auf den Nacken, öffnet ihre Bluse und beugt sich über ihn. Victor lässt es geschehen. Ihm ist alles zu viel, er will nur noch vergessen.

10. Der Vortrag

Auf den Fluren der Universität herrscht reger Betrieb. Studienkollegen begrüßen sich, tauschen lachend und feixend Neuigkeiten aus oder eilen zu ihren Vorlesungen.

Unter ihnen ist auch Felix, der sich mit zwei Bekannten angeregt unterhält. Als er Tim am anderen Ende des Ganges entdeckt, winkt er ihm aufgeregt zu.

»Tim! Tim!«

Tim sieht ihn und kämpft sich durch die Menge. Als er bei Felix ankommt, ergreift dieser Tims Arm und zerrt ihn in eine Nische.

»Komm mit, das braucht erst mal niemand außer uns zu erfahren. «

Tim sieht übermüdet aus.

»Lass hören. Was immer es ist, ich bin noch nicht ganz aufnahmefähig, hab die halbe Nacht durchgearbeitet.«

Felix schaut ihn triumphierend an und gibt ihm einen Knuff in die Rippen.

»Das hättest du dir sparen können. Wir haben den Jackpot geknackt!«

Tim ist plötzlich hellwach.

»Du meinst . . . «

Felix schaut ihn stolz an.

»Genau, die Stiftung. Wir sollen unser Projekt vor dem großen Rat präsentieren. Heute Abend!«

Tim ist verdutzt.

»Das glaub ich nicht . . . jetzt schon?«

Felix schaut ihn triumphierend an.

»Von wegen erst am Anfang der Erkenntniskette – wir lagen mit unserer Theorie genau richtig. Sie befürchten eine Epidemie in unseren Breiten und wollen alles über das Virus erfahren.«

Tim schüttelt ungläubig den Kopf.

»Die machen es sich zu leicht! Wir müssen noch weiter . . . «

Felix unterbricht ihn.

»Lass gut sein, Alter! Das wichtigste ist doch: Wir haben Karl ausgestochen. Besorg dir lieber schnell einen Anzug.«

Tim verdreht die Augen.

»Das auch noch . . . «, dann aber hellt sich sein Gesicht für einen Moment auf: »Hey, wie läuft's!«

Tim begrüßt seinen Freund Jens mit einem High Five. Jens schnauft verächtlich: »Suboptimal!". Dann zeigt er in Richtung Eingang: »Und da naht auch schon die Ursache allen Übels.«

Kahlo bahnt sich genervt einen Weg durch die Menschenansammlung, offenbar hat sie es eilig. Sie läuft an den Dreien vorbei, ohne einen von ihnen zu beachten.

Jens schaut ihr verärgert hinterher, seine Miene verfinstert sich. Er verabschiedet sich mit einem flüchtigen Kopfnicken von Tim und hängt sich dann an Kahlos Fersen.

Tim wendet sich wieder Felix zu und sie entfernen sich heftig diskutierend in die andere Richtung.

Jens folgt Kahlo und schiebt sich neben sie. Er steht auf Kahlo, doch heute morgen ist er ihr gegenüber feindselig eingestellt. Auch Kahlo wirkt übernächtigt und gereizt.

»Hi! Was war los? Wir haben auf dich gewartet!«

Kahlo reagiert abweisend: »Ich hatte plötzlich keine Lust.«

Jens schaut sie ungläubig an: »Du hattest ‚plötzlich keine Lust' zu einer Vernissage zu gehen?«

Kahlo beschleunigt ihren Schritt: »Jens, lass uns ein andermal reden, mir geht's heute nicht gut.«

Jens bleibt stehen und ruft für alle Umstehenden deutlich hörbar: »Schon wieder eine, die Victor auf dem Gewissen hat.«

Kahlo hält inne. Einige Studenten drehen die Köpfe in ihre Richtung.

»Was . . . ?!«

Jens entgegnet schnippisch: »Morgens macht dich der große Dichter in der Bibliothek an, abends hat er dich bereits auf der Matratze!«

Kahlo geht drei Schritte auf Jens zu und gibt ihm eine schallende Ohrfeige. Weitere Studenten bleiben stehen, lachen und klatschen Beifall.

Jens ringt um Fassung, dann wird sein Blick kalt: »Und? Wie war er? Wann hat er dich vor die Tür gesetzt? Noch vor Mitternacht?«

Kahlo wird rot und ist kurz davor, zu einer weiteren Ohrfeige auszuholen. Dann macht sie auf dem Absatz kehrt und geht vor Wut schäumend in den Vorlesungssaal. Sie sieht schon nicht mehr, wie Jens ihr den Mittelfinger zeigt und dann in die Richtung verschwindet, aus der er gekommen ist.

Kahlo setzt sich abseits der übrigen Studenten in die hinterste Bank. Vom anderen Ende der Sitzreihe schaut Carla hasserfüllt herüber. Einige Studenten in Carlas Nähe flüstern sich etwas zu und lachen.

Plötzlich lässt sich jemand direkt neben Kahlo nieder. Kahlo blickt genervt zu dem Neuankömmling. Erst als sie sieht, dass es Karl ist, fällt ihr ein Stein vom Herzen.

»Ah, du bist es.«

Karl sieht sie unsicher an.

»Störe ich? Soll ich wieder gehen?«

Kahlo lächelt gequält.

»Nein, du kommst genau richtig!«

Karl schaut sie fragend an.

»Ist was?«

Kahlo wiegelt ab.

»Alles okay. Was machst du überhaupt hier?«

»Wenn Victor mal was Kluges sagt, will ich mir das nicht entgehen lassen. Wirklich alles okay?«

Kahlo druckst herum.

»Ja ... alles okay«

Karl glaubt ihr nicht, doch er weiß, dass jede weitere Frage zwecklos wäre.

Professor Lüpperts kommt in den Vorlesungssaal und klopft, um Ruhe zu bekommen, kräftig auf ein Pult. Er wirkt ziemlich verärgert.

»Herr Corvin hätte sich schon vor einer halben Stunde bei mir melden sollen – *hat* er aber nicht. Also werden wir heute seinen Vortrag *nicht* hören. Das hat Konsequenzen!« Sein Tonfall wird militärisch: »Licht aus, Projektor an!«

Kahlo und Karl schauen sich erstaunt an. Ein Student eilt zum Lichtschalter, ein anderer schaltet den Beamer an.

»Eduardo Arroyo! Arroyo war ein spanischer Maler, welcher seinen Portraits kunstvoll kombinierte Farbtupfer in das Gesicht malte!« Seine Stimme wird drohend: »Irgendwelche Vorschläge, was uns Arroyo damit sagen will?«

Auf der Leinwand erscheint ein Gemälde von Eduardo Arroyo. Statt der üblichen Gesichtszüge bestehen die Gesichter seiner Personen aus bunten Farbschnipseln.

Im Vorlesungssaal herrscht ängstliche Stille. Der Professor

wirkt so wütend, dass kein Student es wagt, sich zu melden.

Karl flüstert: »Arroyo! Das ist Victors Lieblingsmaler!«

Kahlo schaut ihn fragend an und flüstert ebenfalls: »Wo steckt Victor überhaupt?«

Von vorne ertönt Lüpperts' scharfer Befehl: »Nächstes Bild!«

Ein anderes Gemälde des Malers erscheint an der Wand. Auch das Gesicht der Person auf dieser Abbildung besteht aus bunten Farbschnipseln.

»Keine Ahnung! Er hat gestern Nacht angerufen, aber plötzlich war die Verbindung tot«, flüstert Karl Kahlo zu.

»Sicher wieder nur eine Frau.«

»Keine Ahnung«, lügt Karl.

»Und nächstes Bild!«, schallt Lüpperts Stimme durch den Saal.

Kahlo spürt, dass Karl lügt. Trotz der relativen Dunkelheit sieht man, dass Kahlo eine Träne über die Wange läuft. Sie wischt sie schnell weg, es soll niemand mitbekommen.

Karl wird nachdenklich.

»Irgendwas stimmt da nicht. Wir müssen Victor suchen.«

Kahlo ist nicht besonders begeistert, trotzdem nickt sie zustimmend.

11. Parallelwelt

Ein Bewegungsmelder schaltet das Deckenlicht ein, als Victor erwacht und sich streckt. Durch das offene Fenster dringen kalte Luft und das warme Licht des frühen Vormittags.

Victor schaut sich gähnend um, dann richtet er sich vollends auf:»Coletta . . . ?!«

Schlagartig ist er hellwach.

Er springt auf, läuft durch den Raum und kickt einige der leeren Kartons zur Seite. Dann schaut er sich hilflos um: Coletta hat ihr Versprechen gebrochen, ihn nicht alleine zu lassen!

Unruhe überkommt Victor. Sein entspannter Gesichtsausdruck beim Aufwachen hat innerhalb weniger Augenblicke panische Züge angenommen, seine Stirn ist mit Schweißperlen übersät. Plötzlich presst er die Hände verkrampft gegen seine Brust, etwas bereitet ihm große Schmerzen.

Victors Herz pocht, als wolle es jeden Moment herausspringen. Es trommelt mit aller Kraft gegen das Brustbein. Victors Blut schießt wie ein Wildbach nach einem Gewitterregen durch die Adern; unzählige weiße Teilchen schwimmen darin mit wie Treibgut, das die Flut mitgerissen hat.

Aber die weißen Teilchen sehen anderes aus als die Blutzellen der gleichen Farbe. Sie sind nicht kugelrund und genoppt, wie Leukozyten und verrichten auch nicht deren Tätigkeit. Sie dienen nicht der Abwehr von Krankheitserregern und körperfremden Strukturen, ganz im Gegenteil – sie sind in diesem Augenblick dabei, alle Schutzfunktionen zu deaktivieren und Victors Körper für das zugänglich zu machen, was als nächstes auf dem Programm steht.

Victors Augen sind weit aufgerissenen. Sein Atmen geht schnell und der Blutstrom wird mit enormem Druck durch die Gefäße gepumpt. Erythrozyten, Thrombozyten und Leukozyten geben dem Strom seine Struktur, dazwischen bewegt sich das nun schnell anwachsende Heer der weißen Teilchen, für die Victors Immunsystem keinen Namen hat. Das ist auch der Grund, warum die Leukozyten nicht den Gegenangriff starten – sie sehen den Feind nicht, da er sich als Freund ausgibt.

Dazu haben die Eindringlinge nach ihrem mühsamen Weg durch den Verdauungstrakt Form und Farbe der roten Blutkörperchen angenommen. So lange sie in Lauerstellung liegen, erfüllen sie artig denselben Zweck wie die Erythrozyten, nämlich Sauerstoff von der Lunge zu den Körpergeweben zu transportieren. Bekommen sie jedoch ihren Einsatzbefehl, bandeln sie sofort mit ihren flachen, roten Nachbarzellen an, schlucken sie und stoßen sie im nächsten Moment in weißer Gestalt und mit veränderter Zellstruktur wieder aus. Hierdurch bekommen die einstigen Heilsbringer die ihnen nun zugedachte, zerstörerische Wirkung.

Victor taumelt zu einem der Kartons, ergreift die dort stehende Trinkflasche und öffnet sie mit zitternden Händen. Dann nimmt er einen großen Schluck daraus und kommt langsam wieder zur Ruhe.

Dann jedoch dreht er sich ruckartig um und läuft zur Tür. Sie lässt sich erstaunlicherweise öffnen. Victor wundert sich – bevor er einschlief, war diese Tür noch verschlossen! Schließlich macht er einen Schritt auf den Gang hinaus und beginnt zu rennen. Er muss Coletta finden!

Immer schneller läuft er durch die Räume des Schlosses. Auf

einmal verfolgen ihn wieder die Hunde, doch er kann die wütenden Tiere abschütteln: Er lockt sie in eine Kammer, flieht durch die Hintertür und verschließt dann schnell die vordere Tür.

Victor irrt durch die oberen Stockwerke des Schlosses. Weit entfernt hört er Stimmen, Lachen und Musik. Irgendwo scheint ein ausgelassenes Fest gefeiert zu werden. Diese lebenslustigen Geräusche klingen fremd in der kühlen Umgebung.

Victor wankt weiter, ziellos. Er folgt nur den Stimmen. Plötzlich steht er vor einer seltsamen Konstruktion: In der Mitte des nächsten Raumes befindet sich die Bodenverankerung des gewaltigen Kronleuchters, welcher einen Stock tiefer von der Decke herab hängt. Durch das schmiedeeiserne Gitter um die Kronleuchter-Aufhängung kann er in den Saal darunter sehen: Ein riesiges rundes Ding in einem riesigen Raum. Der Kronleuchter taucht alles in gelbes, weiches, romantisches Licht. Victor selbst kauert in einer dunklen, bläulich kühlen Umgebung.

In dem Saal unter ihm entdeckt Victor Hunde, Männer und Diener.

Plötzlich hört er das Lachen einer Frau. Victor schreckt hoch und ist ganz sicher: Das ist Colettas Stimme! Einen Moment lang schießen ihm Erinnerugsfetzen durch seinen Kopf, wie Coletta lachte, als sie das erste Mal miteinander schliefen.

Victor sieht Coletta nicht, doch es ist ihr Lachen!

Oder ist sie es doch nicht?

Dann versteht Victor: Es ist Coletta und sie „macht" es mit jemandem! Victor kann zwar nichts wirklich erkennen, aber er ist sich ganz sicher!

Hektisch kriecht er um die Kronleuchteraufhängung herum,

um aus einem anderen Blickwinkel den Saal darunter überschauen zu können; aber er bekommt trotzdem keinen ausreichenden Überblick über das Geschehen unter sich. Er sieht nur, dass immer mehr Männer den Saal betreten und mit eindeutigen Blicken in die Richtung gehen, aus der Colettas lustvolles Lachen erklingt. Albert und sein Diener sind auch dabei. Alle scheinen eine gute Zeit da unten zu haben – es ist der blanke Horror für Victor.

Victor springt auf und beginnt, ziellos durch das Schloss zu irren. Er kann nicht mehr klar denken, Colettas Verlust vernebelt ihm die Sinne. Ohne es zu ahnen, steht er plötzlich im „Kleinen Kaminzimmer". Er dreht sich zur Wand und da hängt es: Das „leere" Gemälde. Victor schaut sich um: Hier hat er Coletta zum ersten Mal gesehen.

Dann geht alles sehr schnell: Victor ergreift einen Stuhl und stürmt, die vier Stuhlbeine wie eine Lanze benutzend, auf das Porträt zu.

Kurz bevor er es erreicht und zerstören kann, sieht es so aus, als habe Victor eine unsichtbare Faust getroffen: Er weicht zurück und torkelt durch den ganzen Raum.

Für einen kurzen Moment ist der unsichtbare Schlag gegen Victor aus der Sicht der Überwachungskamera zu sehen. Er wirkt wie ein Don Quichotte bei seinem Kampf gegen unsichtbare Gegner.

Victor verliert das Gleichgewicht. Sein Rücken prallt gegen die Sprossen des Fensterflügels, Holz und Glas splittern. In Zeitlupe sieht Victor den Sternenhimmel über sich – und das, obwohl es Tag ist. Sein Herz pocht. Dann nähert sich der

Plattenbelag in rasendem Tempo. Die letzten Meter versinkt Victor in Dunkelheit.

Morgendämmerung. Victor öffnet die Augen. Er liegt am Rande einer Veranda auf der Rückseite des Schlosses. Hinter ihm dehnt sich ein weitgehend naturbelassener Park aus. Dieser ist umgeben von dichtem Buschwerk und mächtigen Bäumen.

Auf der großen Wiese versucht ein junger Diener ein Mädchen zu fangen; das Mädchen sieht wie Livia aus. Als der Diener das Mädchen erwischt, umarmt er es so, wie man das üblicherweise nur von Liebespaaren kennt.

Zwei große Hunde trotten über den Rasen auf die Veranda zu. Sie bleiben vor Victor stehen und schnuppern am Boden. Dann schlabbern sie gierig eine Flüssigkeit auf und trotten nach einiger Zeit weiter. Victor kann nur den Kopf bewegen.

»Livia . . . «, röchelt Victor leise.

Er spürt einen Stich in seinem Unterkörper. Unter größten Schmerzen richtet er seinen Kopf so weit auf, dass er an sich herabschauen kann. Doch was er daraufhin sieht, raubt ihm fast den Verstand: Zwischen seinen Beinen hat sich ein Blutlache gebildet, die sich über mehrere Meter der Veranda hinzieht. Victor verliert erneut das Bewusstsein.

Später Vormittag. Auf der Veranda hinter dem Schloss ist eine reichhaltige Frühstückstafel hergerichtet. Albert liest in seiner Zeitung und nimmt keine Notiz von Victor, der nur wenige Meter entfernt stöhnend erwacht.

Ein junger Diener tritt ins Freie und serviert Albert Kaffee. Anschließend stellt der junge Mann ein großes Kinder-Eis auf sein Silbertablett und geht damit Richtung Wiese.

Victor weiß, für wen das Eis sein muss, doch er kann den Kopf nicht in die Richtung der Wiese drehen. Alles, was er sieht, ist die große Pfütze in der er liegt. Sie bedeckt nun den größten Teil der Veranda.

Aber noch etwas anderes beschäftigt Victor: Der Diener kommt ihm bekannt vor, so als hätte er ihn vorher schon einmal gesehen.

Albert beendet das Frühstück, steht auf und geht auf Victor zu. Dieser versucht etwas zu sagen, bringt aber kein Wort hervor. Albert geht ungerührt an Victor vorbei und schreitet die Stufen zum Park hinab. Die beiden Hunde folgen Albert, auch sie ignorieren den auf dem Boden liegenden.

Victors Kopf sinkt erschöpft zurück und taucht in die Lache ein. Es ist sein Blut.

Victor erwacht in einer großen Badewanne. Sein Kopf ist unter der Wasseroberfläche.

Durch ein Fenster über der Badewanne scheint – obwohl es Tag ist – der Mond auf die Wasseroberfläche. Die kräuselnden Wellen treiben ein neckisches Spiel mit dem bläulichen Licht.

Victor hat die Augen geöffnet. Aus dem Lichterspiel über ihm entsteht langsam die Gestalt der Coletta, welche ihm einladend die Hände entgegenstreckt.

Victor taucht aus der Badewanne auf. Doch die Gestalt, die er eben sah, ist nicht Coletta, sondern der junge Diener im weißen Livree. Wer hinter dem jungen Mann steht, kann Victor nicht sehen, aber die kleinen Hände lassen vermuten, dass dies nur Livia sein kann.

Nun wird klar, wer der Diener ist: Es ist der Mann, der Victor von der Galerie der Bücherei aus beobachtete.

Triumphierend schaut er Victor in die Augen. Erst jetzt bemerkt Victor das brennende Kaminzündholz in den Händen des Dieners. Mit diabolischem Grinsen lässt er es in die Badewanne fallen. Im Nu verwandelt sich alles um Victor herum in ein tosendes Flammenmeer.

Victors Brüllen schallt durch die Nacht und irgendwo, weit entfernt, ist das Lachen eines Kindes zu hören.

Das Lachen des Kindes wird leiser.

Victor rennt brennend durch mehrere Räume des Schlosses. Plötzlich wirft jemand eine große Decke über Victors Körper und erstickt so die Flammen.

Victor sinkt zu Boden. Er hustet und hat Schmerzen.

Dann erst sieht er die Person, die ihn gerettet hat: Es ist Coletta. Liebevoll hält sie ihn in den Armen. Victor atmet schwer. Coletta versucht ihn zu beruhigen.

Victor schaut sie entgeistert an.

»Wieso . . . wieso hast du das getan?«

Coletta versteht nicht.

»Was getan?«

»Mich betrogen!«

Coletta streicht ihm beruhigend über die Stirn.

»Das hast du geträumt.«

Victor schüttelt abwehrend den Kopf.

»Und dann bist du verschwunden und hast Livia mitgenommen!«

Coletta bleibt ruhig.

»Das war ich nicht. Ich würde dich nie verlassen.«

»Ich muss hier weg! Ich will nach Hause!«

Victor versucht sich aufzurichten, doch Coletta hält ihn mit sanftem Nachdruck zurück.

»Du bist hier zu Hause! Ich würde dich niemals verlassen!«
Victor beruhigt sich langsam wieder.

»Nie?«

»Nie.«

»Gut«, Victor lächelt gequält. »Weißt du, im Grunde hab ich niemanden außer dir! Versprich mir, dass wir immer zusammen bleiben!«

Coletta nickt. Victor atmet beruhigt ein. Coletta drückt ihn an sich wie eine Mutter ihr Kind.

Erst jetzt erkennt man, dass Victor und Coletta auf dem Boden des „Kleinen Kaminzimmers" liegen.

Victor schaut an sich herab und bemerkt, dass er äußerlich unversehrt ist. Er ist irritiert, will Coletta aber von seinen jüngsten Visionen nichts sagen. Er drückt sich fest an sie und schließt die Augen.

12. Familiengeheimnis

Victors Stimme klingt wie ein Echo nach, während Karl über den Campus läuft: »Weißt du, im Grunde hab ich niemanden außer dir!«

Karl schaut sich suchend um. Etwas entfernt steht Kahlo und sieht zu ihm her. Sie macht eine aufmunternde Bewegung. Karl holt tief Luft, dann nähert er sich von hinten einer Studentin, welche einen ziemlich knappen Minirock und ein enges T-Shirt trägt, über das ihre langen Haare fallen.

Karl spricht die junge Frau etwas unbeholfen von der Seite an. Sie dreht sich zu ihm – es ist Carla. Auf Karls Frage reagiert sie ziemlich abweisend.

»Victor hatte sonst niemanden? Da irrte Victor gewaltig! Ich war ein besserer Freund, als er auch nur im Entferntesten ahnte: Ich wagte sogar, eine seiner vielen Ex-Geliebten zu fragen, ob sie vielleicht wüsste, wo er sich aufhielte – weiter kam ich nicht, Victor hatte tatsächlich eine Menge verbrannter Erde hinterlassen!

Nach einem kurzen Wortwechsel erntet Karl eine schallende Ohrfeige. Er hält sich die leicht gerötete Wange, während Carla wutschnaubend abzieht. Kahlo gesellt sich lachend zu Karl.

»Soll ich dir 'ne Brandsalbe besorgen?«

Karl schaut sie strafend an: »Witzig, witzig.«

»Du hättest bei deinem Rendezvous-Spezialisten Nachhilfe nehmen sollen, wenn du schon an der Quelle sitzt.«

Karl geht nicht weiter auf Kahlos Bemerkung ein.

»Wo steckt Victor bloß, ich mach mir langsam Sorgen.«

Kahlo wird ernst.

»Der taucht schon wieder auf – mit einem zufriedenen Grinsen im Gesicht und so, als ob nichts passiert wäre.«

Karl hat plötzlich eine Idee.

»Kahlo, wir müssen zu Victors Wohnung fahren! Ich hab den Schlüssel!«

»Vielleicht ist er ja aber in Schloss Lichtenfeld und vögelt gerade die Köchin?«, antwortet sie zynisch.

Karl schüttelt energisch den Kopf: »Lass uns erst bei ihm zu Hause nachsehen. Du fährst.«

Kahlo reagiert ablehnend, doch Karl zieht sie einfach mit sich.

Wenig später hält Kahlos Kleinwagen vor einem mehrstöckigen Haus in einem dicht bebauten Altbauviertel. Der dunkle S-Klasse Mercedes, der bereits Tim und Felix im Visier hatte, fährt in einiger Entfernung hinter Kahlo in eine Parklücke. Im Wagen sitzt der Mann, der kurz zuvor in Victors Horror-Visionen aufgetaucht war: Es ist Enz, Albert von Lichtenfelds Diener.

Die Tür zu Victors Wohnung wird aufgeschlossen, dann öffnet sie sich langsam. Karl ruft von draußen hinein.

»Victor . . . ?«

Kahlo steht hinter Karl. Neugierig schaut sie an ihm vorbei.

»Hab ich mir gedacht! Lass uns trotzdem mal nachschauen.«

Kahlo drückt sich einfach an Karl vorbei und geht in Victors Wohnung. Karl passt das nicht, er scheint seinen Vorschlag zu bereuen und möchte nicht einfach so in Victors Wohnung gehen, wenn dieser nicht da ist. Außerdem nervt ihn Kahlos neugierige Art.

»Lass uns lieber wieder gehen.«

Als Kahlo keine Anstalten macht, die Wohnung wieder zu verlassen, eilt Karl ihr hinterher. Kahlo schaut kurz in die Küche, dann dreht sie sich um und verschwindet im Wohnzimmer.

»Weiß dein Freund, dass man Zimmer auch möblieren kann? Oder ist er erst eingezogen?«

Karl ist verärgert, er folgt Kahlo ins Wohnzimmer. Dort steht lediglich ein modernes rotes Sofa, auf dem Boden liegen Zeitschriften und Bücher, neben dem Fenster steht ein riesiger Flachbildfernseher und ein Blu-ray-Recorder.

Kahlo stöbert die Zeitschriften durch.

Karl sucht nach einer Erklärung.

»Victor interessieren keine Möbel«

Kahlo lacht: »Das sehe ich.«

An einer Wand hängt das Poster eines Gemäldes von Eduardo Arroyo. Das Porträt zeigt einen Mann mit Mantel und Hut. Das Gesicht des Mannes besteht, wie die Portraits in der Vorlesung von Professor Lüpperts, nur aus bunten Farbschnipseln. Auch an einer Pinnwand sind mehrere Postkarten mit ähnlichen „gesichtslosen" Abbildungen von Arroyo zu sehen, sowie mehrere Eintrittskarten zu Ausstellungen des Malers.

Kahlo zeigt auf das Arroyo-Bild.

»Kannst du mir erklären, wieso Victor auf solch morbide Bilder steht? Immer sind die Gesichter zerstört.«

Auf dem Tisch liegen drei alte Platten-Cover. Sie sind von Peter Gabriels ersten drei Solo-Alben. Alle Alben-Cover zeigen ein Gesicht, das ganz oder teilweise zerstört ist. Kahlo nimmt ein Cover in die Hand und betrachtet es nachdenklich.

»Und hier zerstört der Typ sein Gesicht sogar selbst!«

Karl ist gereizt: »Das ist kein ‚Typ', das ist Peter Gabriel!«

Kahlo legt das Platten-Cover zurück und schaut sich suchend im Wohnzimmer um. Karl beobachtet Kahlo ungeduldig.

»Wir sollten jetzt wirklich wieder gehen!«

Kahlo blickt ihn vorwurfsvoll an.

»Mit deinem Freund stimmt was nicht und es sollte dir wichtig sein, dem auf den Grund zu gehen, oder?«

Karl hebt rechtfertigend die Hände.

»Das mache ich ja bereits und zwar mehr als gefordert.«

Kahlos Blick fällt auf den USB-Stick, der seitlich aus einem der Ports am Flachbildfernseher herausragt.

»Sieh an, was wir da haben«, Kahlo lenkt Karls Blick auf das Speichermedium. Schnell schaut sie sich um und im nächsten Moment hält sie eine Fernbedienung in der Hand.

»Vielleicht kommen wir damit weiter.«

Karl macht kein begeistertes Gesicht.

»Was immer da drauf ist – ich weiß nicht, ob Victor will, dass wir uns das ansehen.«

Aber Kahlo lächelt ihn entschlossen an und drückt auf eine Taste an der Fernbedienung. Der Fernseher schaltet sich ein.

»Ich denke, du willst ihm helfen, oder? Wieso eigentlich, du Held?«

Karl wird emotional.

»Ich will verhindern, dass Victor eines Tages vom Dach springt!«

»Dann pass gut auf, vielleicht erfahren wir jetzt des Rätsels Lösung«, entgegnet Kahlo, während sie zum Fernseher schaut.

Auf dem Bildschirm ruft sie per Fernbedienung den USB-Stick als Wiedergabequelle auf. Das Menü zeigt eine Liste von Videodateien. Kahlo scrollt sie schnell durch, dann bleibt sie an einer Datei hängen, die den Namen „Saskia" trägt. Sie schaut fragend zu Karl und ihr entgeht nicht, dass er nervös wird.

Karl macht einen Schritt nach vorn und stellt sich zwischen Kahlo und den Fernseher: »Ernsthaft: Vielleicht ist da was ziemlich Intimes drauf?«

Kahlo hebt beschwichtigend die Schultern, dann aber zielt sie schnell mit der Fernbedienung an Karl vorbei auf den Bildschirm.

»Mach die Augen zu, wenn's unanständig wird. Ich will jetzt wissen, was mit dem Kerl los ist!«

Man sieht eine verwackelte, wilde Kamerafahrt durch Victors Wohnung, bis man endlich Victor selbst sieht. Er schaut ganz nah in die Kamera, so nah, dass er nur unscharf zu erkennen ist.

»Ha! Ja, ich saufe, ich kokse, ich stinke! Ich bin der Loser, ich bin das perfekte Klischee eines verlassenen Mannes! Von der Frau verlassen, vom eigenen Kind verlassen . . . «

Victor schaut auf das Peter Gabriel-Cover, auf dem der Sänger sein eigenes Gesicht selbst zerstört.

»Peter, du hast es erfasst: Nur so hat man seine Ruhe!«

Victor schlägt die Whiskyflasche auf den Boden, so dass sie zerbricht. Er nimmt eine Glasscherbe und fährt mit ihrer flachen Seite langsam über die Haut seiner Wange. Sie hinterlässt einen roten Striemen, ohne aber eine Schnittwunde zu erzeugen.

Karl kann kaum hinsehen, Kahlos spöttischer Gesichtsausdruck hat sich geändert: Was sie sieht, berührt sie tief.

Plötzlich wird Victor wütend. Ausfallend brüllt er in die Kamera: »Ich werde sie fertig machen! Mit meinem neuen Buch! Ich schreib sie zu Tode! Meine Ex wird sich keine Sekunde mehr auf der Straße zeigen können! Jeder wird sie beobachten, auf Schritt und Tritt! Alle werden hinter ihr her sein – die Medien, die Nachbarn, die Familie . . . !«

Im Laufe seines Wutausbruchs wühlt Victor in einem Stapel von Papier auf dem Boden. Er zerrt ein Foto heraus und hält es zitternd in die Kamera. Es zeigt Victor und seine Ex-Frau in liebevoller Umarmung.

Victors Hass schlägt in Trauer um. Er wird ruhiger und

nachdenklicher: »Immer auf der Flucht – so wie ich auf der Flucht, vor der eigenen Familie: Vor den Erwartungen, was besonderes sein zu müssen!«

Er wühlt nach einem weiteren Foto und hält es in die Kamera. Es zeigt Victor mit seinem Vater. Sie posieren mit stolzer Miene und in Reitkleidung neben zwei edlen Araberhengsten vor einem prunkvollen Pferdegestüt.

»Ja, mein alter Herr! Und jetzt, wo ich was besonderes bin, da könnte ich mir das Gesicht vom Schädel reißen – dann will keiner mehr was von mir . . . ! Victor ,*von*' Corvin! ,Von' – im tiefsten Mittelalter zum ersten Mal urkundlich erwähnt! Was für ein Witz! Adel: Wen interessiert der heute noch?«

Victor vergräbt sein Gesicht hinter seinen Händen. Dann wirft er wütend das Glas in die Kamera – die Aufzeichnung bricht ab.

Karl sagt kein Wort. Kahlo ist sichtlich schockiert.

»Hast du das gewusst? Ich meine, das mit Victors Familie?«

Karl nickt, dann schaut er Kahlo betreten an.

»Du kannst dir nicht vorstellen, was los war, als sein Buch raus kam. Das Buch hätte sein Vater ihm vielleicht verziehen, aber dass er seinen Titel abgelegt hatte, das war endgültig der Bruch. Kurz darauf verließ ihn ohne Vorwarnung seine Frau. Victor musste erkennen, dass sie es nur auf das Geld seiner Familie abgesehen hatte.«

Kahlo starrt nachdenklich auf den Boden. Karl betrachtet sie, unentschlossen, was er nun tun soll.

»Ich . . . ich hab drei große Schwestern und ich war der Nachzügler.« Kahlo hat Mühe, ihre Worte zu finden. »Gesagt haben sie's zwar nie, aber gedacht hat's die ganze Familie: Ich hätte der lang ersehnte Junge sein sollen! Also war ich der Junge für sie! Immer nur mit Jungs zusammen, spielte Fußball, bis ich aus der Mannschaft flog, obwohl ich die beste war, hatte ein Motorrad, hackte mich in den Schulcomputer, Auszeichnung in Mathe und Physik – das ganze Programm! Ich hab alle Erwartungen erfüllt, immer . . . «

Karl schaut sie mitfühlend an.

»Aber wieso studierst du dann Kunstgeschichte?«

Kahlo entgegnet seinen Blick: »Wieso?« Dann lässt sie den Kopf hängen. »Ich wollte endlich kein verdammter Junge mehr sein!«

»Tut mir leid.« Karl wird nachdenklich. »Da seid ihr euch ziemlich ähnlich: Victor hat nur deshalb Kunstgeschichte studiert, weil jeder etwas anderes von ihm erwartet hat.«

Er nimmt Kahlos Hand. Sie lässt es geschehen. Einen Moment lang ist nicht klar, ob sie sich umarmen werden oder nicht. Karl ist anzusehen, dass er Kahlo sehr mag; aber er traut sich nicht, den entscheidenden Schritt zu machen. Dann löst sich Kahlo plötzlich von ihm.

»Wir müssen Victor da rausholen!«

Karl ist verwirrt.

»Wo rausholen?«

»Aus . . . aus seinem Käfig! Du sagst, er ist stark suizidgefährdet – hast du's mal mit reden versucht?«

Karl schaut sie verständnislos an.

»Äh, reden?« Nun wird er betont sachlich. »Reden hilft da nichts, es geht nur mit Medikamenten.«

»Aber in dem Artikel über ‚Alexithymie' behaupteten sie, dass diese Persönlichkeitsstörung hauptsächlich durch Gesprächstherapie zu heilen ist.«

Karl schüttelt energischen den Kopf.

»Victor weist primär typische Symptome einer manischen Depression auf. Im Aufeinandertreffen mit Alexithymie ergibt sich da ein äußerst komplexes Krankheitsbild. Wenn das so einfach wäre mit ‚reden', könnte ich mich für immer arbeitslos melden. Seelenklempner haben nur selten die Macht, aus einem psychischen Wrack wieder einen ganzen Menschen zu machen. Meist braucht es dazu eben Medikamente, wie ich sie entwickeln will.«

Kahlo ist aufgebracht.

»Und wenn du mit deinem Chemiebaukasten in jede Persönlichkeit eingreifen kannst, dann haben wir irgendwann ein Heer von willenlosen Arbeitsbienen, wenn es dir jemand befiehlt! Ist es nicht so?!«

Karls Blick wird kalt.

»Du wirst eher von Demagogen unterjocht, als durch Psychopharmaka, glaub mir. Bei Victor hat sich viel zu einem unlösbaren Knoten verflochten. Eine schwere Stoffwechselstörung, die seinen Gemütszustand seit seiner Jugend torpediert. Er hat gelernt, sich mit Medikamenten über die Jahre einigermaßen ins Gleichgewicht zu bringen. Als dann aber die Geschichten mit seiner Ex-Frau kam, setzte er die Mittel ab und ist seitdem ein Spielball seiner Gefühle. Seine Seele kennt nur zwei Zustände: Ein Hochgefühl mit grenzenloser Selbstüberschätzung und dann den bedingungslosen Willen zur Selbstzerstörung.«

Kahlo ist wieder nachdenklich geworden. Nervös spielt sie mit der Fernbedienung.

»Okay, nicht so einfach, ich seh's ein. Aber deshalb dürfen wir Victor nicht gleich verloren geben. Wir müssen ihn erst mal finden.«

Auf dem Fernsehschirm scrollt Kahlo nebenher gedankenverloren weiter durch die Liste der Videodateien. Sie hält bei einem Video mit dem Namen „Der Affe" inne: Ihr geht Victors Bemerkung in der Bibliothek durch den Kopf, in der er Albert von Lichtenfeld als den „Affen aus der Talkshow" bezeichnete.

„Warte mal . . . «

Kahlo drückt auf „Play", dann sieht man die Aufzeichnung der Talkshow mit Victor und Albert von Lichtenfeld.

»Schau, er hat die Sendung aufgezeichnet«.

Kahlo zeigt erstaunt auf den Fernseher.

»Live sehen konnte er sie ja schlecht . . . «, antwortet Karl ironisch.

Die Aufzeichnung startet jedoch nicht am Anfang der Sendung, sondern sofort mit der Szene, in der Victor sich über Albert lustig macht und dieser entrüstet das Studio verlässt.

Kahlo dreht sich zu Karl.

»Er hat sich seinen ‚Auftritt' offenbar so richtig auf der Zunge zergehen lassen.«

Sie lacht, dann aber wird sie schnell wieder ernst.

»Was glaubst du, hat Victor nach dieser Auseinandersetzung gedacht: Hat er sich vorgenommen, diesem eitlen Adligen noch eine weitere Lektion zu verpassen oder war er bereits am Ziel, indem er ihn der Lächerlichkeit preisgegeben hat?«

Karl stöhnt auf.

»Ich weiß es nicht, wir haben nie darüber gesprochen . . . «

Kahlo unterbricht ihn.

»Oder, wenn es umgekehrt ist: Wenn dieser Adlige nach seiner öffentlichen Demütigung beschlossen hat, Victor eine auszuwischen?«

»Also, ich weiß nicht, das sind doch alles vernünftige Menschen. Die machen zuhause eine gute Flasche Wein auf und am nächsten Morgen ist alles vergessen«, entgegnet Karl abwehrend.

Kahlo gibt sich mit Karls Erklärung nicht zufrieden.

»Das glaube ich nicht. Mensch, Karl – und ich hab Victor auch noch mit der Nase auf das Schloss dieses Spinners gestoßen. Das riecht nach Ärger.«

Karl ist zunehmend genervt.

»Jetzt beruhige dich mal. Was meinst du damit: ,Mit der Nase' . . . «

»Warte! Warte . . . ich glaub', ich hab' eine Idee!«

Kahlo schaut sich suchend im Raum um.

»Wo hat Victor denn seinen PC stehen?«

»So was hat er nicht. Das war ihm immer zu . . . «

» . . . zu was!«, Kahlo schaut Karl bohrend an. »Und wie schreibt er dann seine Bücher?"

»Okay – er hat ein Laptop, aber . . . «

» . . . aber es ist passwortgesichert und ich werde es in hundert Jahren nicht schaffen, das zu knacken!«, Kahlo grinst Karl an. Ihr wird bewusst, dass bei ihm nun die Schmerzgrenze erreicht ist, was ihr Eindringen in Victors Privatsphäre betrifft. Karl nickt stumm.

»Na gut, macht nichts. Dann muss eben mein kleines Arbeitstier ran.«

Kahlo nimmt ihr Smartphone in die Hand und wirkt plötzlich ziemlich euphorisch.

»Und ich hack' mich stattdessen in den Computer vom alten Lichtenfeld, sofern der so was überhaupt hat! Vielleicht finden wir da irgend einen Hinweis.«

Karl schaut sie entgeistert an.

»Das ist nicht dein Ernst!«

Kahlo geht nicht weiter auf Karls Einwand ein, sie duldet nun keine Widerrede mehr.

»Victor ist irgendwo im Schloss, das spüre ich! Du besorgst was zum Einbrechen: Seil, Glasschneider, Taschenlampe und all so'n Zeugs. Ich versuch' so lange, Informationen zu finden.«

»Das *kannst* du nicht ernst meinen!«

Karl steht fassungslos da. Kahlo aber ist nun in ihrem Element und beginnt, Karl rückwärts aus dem Wohnzimmer den Flur entlang bis zur Eingangstür zu schieben.

»Beeil dich, du hast eine halbe Stunde!«

Karl sucht vergeblich nach einem Einwand.

»Ich hab nachher einen wichtigen Termin. Lass uns morgen in aller Ruhe . . . «

»Raus – eine halbe Stunde!«

Kahlo hat Karl aus der Wohnung geschoben. Direkt vor seinem verdutzten Gesicht knallt sie die Tür ins Schloss, dann eilt sie zurück ins Wohnzimmer zu ihrem Smartphone und schaut auf das Display des kleinen Gerätes. Sie tippt „Lichtenfeld" in ein Suchprogramm, bekommt einige Ergebnisse angezeigt und wählt das oberste aus.

Eine Webseite von Schloss Lichtenfeld erscheint. Kahlo strahlt.

»Sehr freundlich. Sieht ja richtig professionell aus.«

Über der Webseite von Schloss Lichtenfeld erscheint die Information: „Kein Zugang für Nichtmitglieder.".

Kahlo freut sich: Hacken scheint tatsächlich ihre Leidenschaft zu sein.

»Na dann!«

Sie tippt auf den Touchscreen, eine App startet und versucht den Code zu knacken. Während das Programm läuft, fällt Kahlos Blick auf ein Foto an der Wand: Es zeigt Victor und Karl auf dem Ayers Rock. Die beiden Männer lachen glücklich in die Kamera. Kahlo fixiert Victors Augen, ihr Blick wird liebevoll. Victors Augen blicken sie so an, als ob die beiden sich von Angesicht zu Angesicht gegenüber stehen und sich verliebt anschauen.

Plötzlich hört Kahlo eine kurze Melodie.

Sie hat es geschafft: Auf dem Display erscheint: „Herzlich willkommen, liebe Freunde!" Kahlo lächelt.

»Bingo!«

Eine Fotografie von Schloss Lichtenfeld blendet sich über die Landkarte von Europa. Mehrere Flaggen tauchen auf, darüber das Wort: „Sprachauswahl". Kahlo klickt auf die deutsche Fahne, ein professionell produzierter Film startet.

Albert von Lichtenfeld schreitet durch die Räume seines Schlosses.

»Liebe Freunde, herzlich willkommen! Ich muss wohl nicht darauf hinweisen, dass die folgenden Ausführungen vertraulich behandelt werden müssen, die Welt ist noch nicht reif für unsere Erkenntnisse.«

Ein Kaugummi kauender Soldat im 2. Weltkrieg vor einer Ruine im völlig zerbombten Berlin ist zu sehen, im Arm ein schüchternes, verkrampft lachendes deutsches Mädchen.

Albert setzt seine Ausführungen fort.

»Im 20. Jahrhundert hat der Amerikanismus die ganze Welt mit seiner Art zu Denken und zu Leben überschwemmt. Zwar hat er uns davor bewahrt, vom Bolschewismus versklavt zu werden, trotzdem sind wir Europäer nur noch ein fahles Abziehbild der großen Imperialmacht USA.«

Man sieht Szenen des Einmarsches von Truppen des Warschauer Pakts in Prag 1968 und hilflose Passanten, die sich den Panzern auf dem Wenzelsplatz entgegenstellen. Dann Bilder von Gerhard Schröder und Jacques Chirac, die sich umarmen.

»Hin und wieder wehren sich manche Europäer gegen diese Vereinnahmung, doch letztlich sind das nur temporäre Stimmungen . . . «

Jugendliche sind bei einem Rockkonzert zu sehen, dann apathisch aussehende Hippies in den sechziger Jahren, die sich eine Spritze setzen, schließlich Jugendliche von heute, die Chips essend vor PC-Monitoren sitzen und sich Hip-Hop-Videos ansehen. Dabei klicken sie sich unentwegt durch die Kanäle des Videoportals.

» . . . denn im täglichen Umgang lebt der europäische Durchschnittsbürger weiter den ‚American Way of Live‘ – kritiklos, ohne ein tieferes Bewusstsein seiner selbst, ohne ein höheres Ziel für sich und seine Rasse. Eine Entwicklung, die im 21. Jahrhundert unweigerlich in die Katastrophe führen wird: Wir Europäer werden nicht verschwinden, aber wir werden ein Fossil, ein verblassender Teil der Weltgeschichte sein! Die asiatischen, afrikanischen und arabischen Horden werden uns bestenfalls mit ihren Kameras bestaunen, bevor sie uns überrennen und sich die kostbarsten Stücke unseres Kontinents einverleiben, uns selbst aber aussperren!«

Ein überfüllter Louvre: Die Touristenmassen bestehen nur aus asiatischen, arabischen und afrikanischen Besuchern.

Dazwischen ein einsamer Europäer, der kaum Chancen hat, sich zu behaupten. Schließlich ein Scheich und sein exklusiver Fuhrpark: Alle Wagen sind Maybach-Mercedes der gehobensten Ausführung.

Albert von Lichtenfeld erscheint wieder

»Da der normale Europäer diese Entwicklung nicht wahrhaben will, ist es an uns, den europäischen Adelsfamilien, sich zusammen zu tun und die natürliche Vormacht Europas in der Welt wiederherzustellen.

Dazu begrüßen wir, am üblichen Ort und zur üblichen Zeit, unseren Referenten Graf von Molchow. Bis Freitag!«

Der Film bricht ab.

»Der, der meint das ernst . . . «, Kahlo ist erschüttert. »Freitag? Das ist heute!«

Kahlo ist alarmiert: Hektisch tippt sie auf den Bildschirm ihres Smartphones. Gleichzeitig schließt sich die Webseite von Schloss Lichtenfeld und eine Nummer wird gewählt.

Karl meldet sich.

»Ja, Kahlo?«

»Karl? Vergiss alles, du musst sofort mitkommen!»

»Tut mir leid, ich kann nicht! Mein Prof. will mich heute Abend sehen! Lass uns morgen ins Schloss gehen, okay?« Er wird vertraulich. »Vielleicht ist Victor auch ganz woanders . . . «

Kahlos Miene verdunkelt sich. Sie zögert. Karl wertet dies als Zustimmung.

»Okay?«

Kahlo atmet laut aus.

»Okay.«

Sie berührt den Bildschirm, das Display erlischt.

Plötzlich steht sie auf, steckt ihr Smartphone ein und verlässt Victors Wohnung. Kahlo wirkt konzentriert und zu allem entschlossen.

Während sie über die Straße geht, fällt Kahlos Blick auf den dunkeln S-Klasse Mercedes. Für einen Moment erkennt sie das Gesicht des Fahrers. Sie geht, als sei nichts gewesen, weiter zu ihrem Fahrzeug.

Kahlo erinnert sich an ihre Begegnung mit Victor in der Bibliothek, als er den ungebetenen Beobachter auf der Galerie zurechtwies. Es ist derselbe Mann wie jener in dem dunklen Mercedes.

Kahlo steigt in ihren Wagen und startet ihn. Dabei blickt sie konzentriert in den Rückspiegel. Sie fährt los; nach wenigen Metern bemerkt sie, dass ihr der Mercedes folgt. Kahlo nickt unmerklich.

»Na, dann wollen wir mal.«

Sie stoppt an der nächsten Ampel, legt ihr Smartphone auf den Beifahrersitz und entriegelt es. Dann startet sie eine App, welche sie kurz darauf auffordert: „Kennzeichen eingeben".

Kahlo schaut in den Rückspiegel und diktiert dann dem Spracherkennungsprogramm das Kennzeichen des Mercedes hinter ihr.

Die App sucht. Kahlo fährt weiter, langsam, bis zur nächsten Ampel. Wieder muss sie halten. Der Verfolger stoppt ebenfalls, er ist zwei Fahrzeuge hinter ihr.

Kahlo schaut auf ihr Display, dort steht: „Alle Fahrzeug-Daten verfügbar". Sie tippt auf einen Button: Es erscheint eine Abbildung des gleichen Mercedes, welcher Kahlo folgt. Ein blinkender Kreis bewegt sich auf das Seitenfenster zu und fliegt in den Innenraum des Fahrzeugs hinein. Am Ende legt sich der Kreis auf das Zündschloss des Wagens. Ein „Klick" und die Anzeigen auf dem Armaturenbrett erlöschen.

Kahlo schaut in den Rückspiegel.

Enz sitzt entspannt in seinem Mercedes und wartet darauf, dass die Ampel auf Grün springt. Er trommelt mit den Fingern aufs Lenkrad und pfeift dabei die Melodie eines Schlagers. Plötzlich, ohne Vorwarnung, schaltet sich der Motor aus. Enz ist erstaunt und überprüft sofort, ob er vielleicht unabsichtlich an die Zündung geraten ist. Er betätigt den Startknopf, aber nichts rührt sich. Enz reagiert nervös und versucht erneut, den Wagen zu starten, vergeblich. Schließlich will er aussteigen, doch auf einmal verriegeln sich die Türen. Nun ist Kahlos Verfolger der Gefangene seines eigenen Wagens.

Die Ampel wird grün, Kahlo gibt Gas und lächelt.

»Damit hast du nicht gerechnet, was?«

Enz trommelt von innen gegen die Scheiben und flucht, aber er kann nichts bewirken. Er muss mit ansehen, wie Kahlos Wagen in der Ferne verschwindet.

Er nimmt sein Mobiltelefon und wählt eine Nummer an. Nach kurzem Warten wird am anderen Ende abgenommen.

»Hier Enz. Der Wagen ist defekt, ich komme hier nicht weg . . . *(Pause)* . . . Nein, ich hab sie verloren . . . *(Pause)* . . . Nein, keine Ahnung, wie das passieren konnte. Die Türen lassen sich auch nicht öffnen . . . «

Hinter dem Mercedes fangen immer mehr Autos an zu hupen. Einige scheren aus und ziehen mit quietschenden Reifen vorbei. Enz ist sichtlich angespannt und schaut sich hektisch um.

»... *(Pause)* Ein Reset ... Okay, unter dem Armaturenbrett ... Ja, ... *(Pause)* ... die Aufzeichnung, sicher, ich nehme sie mit.«

Während er telefoniert, tastet Enz mit einer Hand unter dem Armaturenbrett entlang. Er findet einen Schalter und betätigt ihn. Plötzlich geht die Türverriegelung auf; Enz' Mine hellt sich auf. Er betätigt den Anlasser, aber der Motor bleibt stumm.

» ... aber der Motor *(Pause)* ... nur die Türen also ... Verdammt!«

Dann schnappt er sich einen Blätterstapel vom Beifahrersitz und entfernt die Heftklammer. Er biegt sie mit den Zähnen zu einem langen Draht auf und fährt damit in eine kleine Öffnung am Multimediasystem. Eine SD-Card schiebt sich heraus. Enz triumphiert – dann verfinstert sich sein Blick plötzlich wieder.

» ... Ich hab die Tonaufnahmen *(Pause)* ... Was?! ... Nein, das ... *(Pause)* In Ordnung. Ich schau selbst nach einer Möglichkeit ... Mist!«

Fluchend beendet er das Gespräch und steigt aus dem Wagen. Erneutes Hupen von Autos hinter ihm. Enz dreht sich genervt um und winkt die Autos wütend an seinem Wagen vorbei.

»Hier, da geht's lang. Das kann doch nicht so schwierig sein, verdammt noch mal!«

Er gerät vollends in Rage und tritt gegen einen Hinterreifen. Schließlich schaut er sich ratlos um.

13. Die Auszeichnung

Felix sitzt auf dem Beifahrersitz von Tims klapprigem Kleinwagen. Er schaut ungeduldig auf seine Uhr.

»Wir kommen zu spät, wenn es da vorn nicht endlich weiter geht!«

Die beiden stehen in dem Stau, der sich hinter Enz' Mercedes gebildet hat. Sie tragen Anzüge, wobei der von Tim nicht sehr zeitgemäß aussieht; seine Ärmel sind außerdem zu kurz.

Tim verdreht die Augen.

»Nun krieg dich mal wieder ein. Die Stiftung ist an *deiner* Forschung interessiert, also kann sie auch warten.«

Felix entspannt sich jedoch kein bisschen.

»Wenn wir das verbocken, dann . . . «

Tim unterbricht ihn energisch.

»Jetzt gib mal Ruhe! Das ist *dein* großer Tag, ich weiß. Ich spiel das Spiel ja mit, aber nerv mich nicht, verstanden?«

Felix ist von Tims Ausbruch beeindruckt und gibt klein bei. Er schraubt das Seitenfenster herunter und streckt den Kopf hinaus.

»Da vorne ist ein Wagen liegen geblieben. Nur eine Fahrspur und das im Berufsverkehr, na klasse.«

Tim reagiert schnippisch: »Wenn du's so eilig hast: Steig aus und hilf, den Wagen aus dem Weg zu schieben.«

Felix seufzt genervt, steigt aus und geht an den stehenden Autos vorbei nach vorne. Aus der Vogelperspektive erkennt man nun die lange Schlange, die sich hinter dem Mercedes gebildet hat.

Als Felix bei Enz ankommt, schaut dieser ihn für einen Augenblick irritiert an. Er überlegt, wie er auf diese unerwartete Begegnung reagieren soll. Dann fällt ihm aber ein, dass Felix ihn gar nicht kennen kann. Er zeigt sich erfreut, dass jemand bereit ist, ihm zu helfen. Den Wagen von der Straße zu schieben, werden sie aber zu zweit nicht schaffen.

Felix erblickt zwei Fahrzeuge hinter dem Mercedes einen Wagen mit vier Männern in seinem Alter. Er geht hin und kann die Jungs dazu bewegen, ihnen zu helfen.

Schließlich setzt sich der Mercedes schwerfällig in Bewegung und wird dann von Enz durch die geöffnete Fahrertür mit einer Hand am Steuer in eine kleine Parkbucht hinter der Kreuzung gelenkt. Er bedankt sich höflich und die vier jungen Männer verziehen sich sofort wieder, um ihr eigenes Fahrzeug wegzufahren.

Zwischen Felix und Enz entspinnt sich eine kleine Unterhaltung. Enz wirkt plötzlich interessiert; er zückt sein Mobiltelefon, wählt eine Nummer an und gibt nach einem kurzen Dialog Felix das Telefon. Der spricht aufgeregt mit der Person am anderen Ende, dann nickt er zustimmend und legt auf.

Als beide wenig später bei Tims Wagen ankommen, erklärt Felix ihm kurz die Lage. Dann klappt er seinen Beifahrersitz nach vorne und lässt Enz hinten einsteigen.

Felix fährt los und verlässt auf einer Ausfallstraße die Stadt. Dann biegt er auf die gleiche Landstraße ein, auf der auch Victor zum Schloss fuhr.

Der Wagen fährt schnell. Die drei Insassen sitzen da, ohne sich zu unterhalten. Felix und Tim machen einen angespannten Eindruck, Enz jedoch ist die Ruhe selbst und scheint mit seinen Gedanken ganz woanders zu sein. Dann blickt er auf und fixiert nacheinander Felix und Tim von hinten. Sein Blick ist eiskalt.

14. Göttliche Schlampe

Victor erwacht schweißgebadet auf dem Boden des „Kleinen Kaminzimmers". Ihm ist sofort klar, wo er sich befindet. Und ebenso schnell erkennt er, dass Coletta nicht mehr bei ihm ist.

Er richtet sich auf, dann beginnt er zu lachen. Es ist ein leises Lachen, in das sich erst Verzweiflung, dann Häme mischt.

„Du Miststück . . .«, entfährt es ihm, unterbrochen von einem Schluchzen, „du elende Schlampe . . . ich weiß, wo du steckst.«

Victors Blick bekommet etwas Diabolisches. Er springt auf und schaut sich gehetzt um. Dann entdeckt er die Trinkflasche und setzt sie so hastig an seine Lippen, dass er den größten Teil der Flüssigkeit verschüttet. Er wirft die Flasche in die Ecke und läuft zur Tür.

Während er durchs Schloss irrt, ruft Victor immer wieder laut Colettas Namen. Verzweiflung wechselt sich dabei ab mit Hass. Victor ist so außer sich, dass es ihm egal ist, ob man ihn hören kann oder nicht.

Plötzlich bellen wieder die Hunde. Sie nähern sich, doch das ist Victor gleich. Er hat nur ein Ziel: Den Raum mit dem großen Kronleuchter. Diesmal wird er nicht nur Beobachter sein, diesmal wird er eingreifen. Und er will mit seinen eigenen Augen sehen, was Coletta macht!

In einem kleinen Raum führt eine Treppe nach unten. Wütend und mit ganzer Kraft tritt Victor gegen das Holzgeländer. Eine dicke Geländerstange bricht ab. Er nimmt sie in die Hand und schwingt das lange Holzstück wie eine Waffe. Nun ist Victor zu allem bereit.

Er läuft weiter, das Gebell der Hunde nähert sich. Victor hört Stimmen, Lachen, sieht am Ende eines Ganges Licht. Das Licht wirkt weich und gelblich, so wie es nur ein Kronleuchter erzeugen kann.

Victor stürzt in den Saal mit dem großen Kronleuchter und er kann nicht glauben, was er sieht – es ist wie ein Horrortrip für ihn: Auf einem sehr langen, feierlich gedeckten Tisch liegt Albert. Er liegt auf dem Rücken und lächelt. Coletta sitzt auf ihm, fast nackt. Ihre Brüste wippen vor Alberts Gesicht rhythmisch auf und ab. Die beiden schlafen miteinander, dabei stöhnt Coletta bei jedem Stoß lustvoll auf.

Als sie Victor bemerkt, ertönt aus ihrem Mund ein glockenhelles Lachen, sie erhebt das Weinglas neben ihr und prostet Victor zu. Coletta lacht über Victor – sie lacht ihn aus!

Victor stürmt auf Coletta und Albert zu, Coletta lacht unbeeindruckt weiter. Victor ist nur noch wenige Schritte von ihnen entfernt und bereit, sie und Albert zu erschlagen. Doch plötzlich stürzen sich von hinten die beiden Hunde auf Victor. Ein Gemetzel beginnt: Die Hunde schleifen Victor übers Parkett, er zieht eine breite Blutspur hinter sich her. Victor schreit und schlägt nach den Tieren, sie scheinen seine Beine zu zerfleischen. Victor schlägt wild um sich und schließlich trifft er mit seiner Holzstange den Kopf eines der Tiere. Dann den Kopf des anderen.

Nun passiert alles sehr schnell: Die Hunde jaulen vor Schmerz, dann schauen sie Victor an. Die Gesichter beider Tiere verwandeln sich blitzschnell: Eines bekommt das Gesicht von Coletta, das andere das von Kahlo. Beide Frauengesichter sehen Victor hasserfüllt an. Am Ende stürzen sich beide Hunde mit den Frauenköpfen auf ihn, rasen ihm direkt entgegen. Im letzten Moment hört er eine Kinderstimme schreien. Er schaut in die Richtung der Stimme, es ist Livia, seine Tochter.

Plötzlich wird es schwarz um Victor. Ein Schrei ertönt, wie der eines Kindes. Doch dann ist es Victor selbst, der schreit.

„Ahhhhhhhhhhhhhhhhhh …!«

Ruckartig schreckt Victor hoch. Erst realisiert er nicht, wo er sich befindet und schlägt schreiend um sich. Dann verstummt er von einem Moment auf den anderen: Er liegt im „Kleinen Kaminzimmer". Als er mit vor Schreck geweiteten Augen an sich herabschaut, erkennt er, dass er vollkommen unversehrt ist. Er kann es nicht fassen und stößt einen Seufzer aus. Aber er ist schweißgebadet, sein Blick ist fiebrig.

Dann erblickt er das Bild über dem Kamin: Die Leinwand ist nicht weiß, wie sonst – Colettas Porträt ist darauf deutlich zu sehen, jeder Pinselstrich. Und sie schaut ihn regungslos an. Victor ist verunsichert: Wieso kann er auf einmal Colettas Porträt sehen?

Er möchte aufspringen, zum Gemälde laufen und es von der Nähe betrachten – es umarmen und jedes Detail davon in sich einsaugen.

Aber er ist zu schwach, er kann sich nicht erheben.

Und plötzlich erklingt in seiner Erinnerung auch das hämische Lachen Colettas.

Victor entdeckt seine Trinkflasche in der Ecke. Er robbt ächzend zu ihr hin, nur um festzustellen, dass sie leer ist. Erschöpft lässt sich Victor auf ein Bündel von Vorhangstoffen sinken.

15. Ein dunkler Plan

Kahlos Kleinwagen rast über eine idyllische Landstraße. Es ist später Nachmittag. Ein Stück entfernt, auf einer Wiese, startet ein kleines Sportflugzeug und verschwindet in der Ferne. Ein anderes Flugzeug landet. Zwischen den Sportflugzeugen, am Rande des Flugfeldes, steht ein größeres Flugzeug, das Kahlos Aufmerksamkeit auf sich zieht.

Sie bremst ihren Wagen ab und fährt im Schritttempo vorbei. Es ist ein altes Flugzeug, eine „Messerschmitt Me 108", ehemals das Vorzeigestück des Reichsluftfahrtministeriums. Unter dem Cockpit steht der geschwungene Schriftzug "Himmelsstürmer". An der Seite ist groß das Luftfahrzeugkennzeichen: "D-LICHT" zu lesen. In die Außenhaut des bestens erhaltenen Flugzeugs sind kleine, moderne Radar- und Funkantennen integriert. Kahlo gibt wieder Gas und fährt weiter.

Sie biegt in einen Waldweg ein und parkt den Wagen gut versteckt hinter einem großen Busch. Dabei entdeckt sie Victors Saab. Kahlo steigt aus und geht zu Fuß bis zum Schloss. Sie verbirgt sich hinter einem Baum und überlegt, wie sie unbemerkt über die Wiese zum Schloss kommen kann. Plötzlich hat sie das Gefühl, dass hinter einem der Schlossfenster jemand sehr schnell vorüber geht.

Kahlo aktiviert ihr Smartphone und richtet es auf das Gebäude des Schlosses. Sie tippt mehrmals auf das Gerät. Eine Anzeige sagt ihr: „Suche aktive und inaktive Mobilfunkverbindungen".

»Mal sehen, ob die alten Herrschaften schon Handys haben.«

Nach einem Moment erscheint eine sehr grobe Skizze des Gebäudes vor ihr. In der Mitte leuchten über 40 rote Punkte.

»Bingo! Ist also doch jemand zu Hause. Dann sag ich doch

mal guten Tag.«

Kahlo steckt das Smartphone ein und schleicht sich zum Schloss. Sie nähert sich von hinten dem Gebäudekomplex. Dann zieht sie einen Dietrich hervor und versucht, eine Kellertür zu öffnen. Vergeblich. Ein Stück über ihr, im ersten Stock, entdeckt sie ein Fenster, das nur angelehnt ist. Sie steckt den Dietrich wieder ein, holt einmal tief Luft, dann klettert sie an einem Fallrohr nach oben. Sie erweist sich als geübte Kletterin, trotzdem ist ihr die Anstrengung anzusehen. Oben angekommen, schiebt Kahlo keuchend das Fenster auf und steigt in das Innere des Schlosses.

Vorsichtig schleicht Kahlo durch die endlos langen Gänge. Sie bewegt sich leise und gewandt, so wie sie es schon als Kind gelernt hat. Immer wieder wirft sie einen kurzen Blick auf ihr Smartphone und bewegt sich in Richtung des Raumes, in dem die roten Punkte leuchten.

Plötzlich steht sie vor der Aufhängung des Kronleuchters. Sie nähert sich der Bodenverankerung. Aus dem Stockwerk über dem großen Kronleuchter sieht sie durch die schmiedeeisernen Gitter.

Der Kronleuchter ist angeschaltet, er taucht den Raum in helles Licht. Von unten hört man leise eine Stimme.

Kahlo legt sich auf den Boden und schiebt sich dicht an den Kronleuchter. Durch den schmalen Schlitz neben der Aufhängung kann sie nicht den ganzen Raum überblicken. Sie verbindet ihr Smartphone mit einem Kabel, an dessen Ende sich eine winzige Kamera befindet. Diese lässt sie am Verbindungskabel ein Stück in den Saal hinunter.

Auf dem Smartphone wird ein Bild des gesamten Saals

übertragen. Kahlo legt Ohrhörer an und schaut auf ihr Display. Die kleine Kamera schwenkt über mehrere Dutzend Zuschauer, bis sie sich schließlich auf die Person fixiert, die eben eine Rede hält. Kahlo gefriert das Blut: Es ist Karl!

Leise stößt sie hervor: »Karl? Wieso ist Karl hier?«

Karl trägt einen Anzug. Sichtlich stolz hält er seinen Vortrag: » . . . und so konnte ich, dank der großzügigen Unterstützung der Lichtenfeldschen Forschungs-Stiftung, ein Mittel entwickeln, das den Patienten von Grund auf verändert: In der ersten Phase löst es dessen Hemmungen und konfrontiert ihn mit dem schlimmsten Trauma seines Lebens. Nur so kann er beginnen, seine Ängste zu verarbeiten. Ohne endlose psychiatrische Behandlung. Kostengünstig, effektiv, schnell.«

Karl setzt seine Präsentation fort. Neben ihm auf dem Pult befindet sich ein Notebook. Er tippt auf eine Taste. An der Wand hinter ihm werden Filmaufnahmen der Überwachungskameras von Victor projiziert. Die Aufzeichnung zeigt, wie Victor tags zuvor auf das übermalte Gemälde der Coletta von Lichtenfeld starrt. Victor steht allein vor dem Portrait.

» . . . Hier sehen wir unseren Patienten in der zweiten Phase: Er hat heftige Halluzinationen, die alle im direkten Zusammenhang mit seinem tiefen, psychischen Problem stehen. Die Situation, die den Gipfel seiner Depression bestimmt hat, wird nun verarbeitet; ein reinigender Selbstzerfleischungsprozess. Dieser Dämon, der ihn in die therapierenden Qualen mitreißt, trägt ähnliche Gesichtszüge einer Person, an die der Patient positive Erinnerungen hat. So wird ihm gleichzeitig mit seinem schmerzhaften Aufarbeitungsprozess der Weg zu einem neuen, sorgen- und beschwerdefreien Leben geebnet.«

Auf den Filmaufnahmen dreht Victor sich um und rennt durch die Räume, bis er vor dem großen Gemälde von Schloss Lichtenfeld steht. Er spricht mit sich selbst, dann versucht er, das Gemälde von der Wand zu nehmen, schließlich klappt er das riesige Bild auf, schaut sich ängstlich um, klettert in die schmale Kammer hinter dem Gemälde und zieht die große Leinwand hinter sich zu. Victor ist die ganze Zeit allein, Coletta ist nicht zu sehen.

»Die Fantasie-Person, welche Victor nun glaubt zu sehen, ist Coletta von Lichtenfeld, eine Frau, die ihrem Mann während ihrer gesamten Ehe untreu war. An dieser Stelle meinen Dank an Professor Lüpperts von Bodingstett, er hat den Patienten erfolgreich auf die Spur von Coletta gelockt!«

Im Zuschauerraum sehen wir Professor Lüpperts, in edlen Zwirn gekleidet. Er nickt freundlich. Beifall der Teilnehmer.

Enz tritt durch eine Tür im Hintergrund ein. Albert schaut zu ihm herüber und Enz bedeutet ihm mit einem kurzen Nicken, dass er seinen Auftrag ausgeführt hat.

Karl setzt seinen Vortrag fort: »Die Halluzinationen lösen anfänglich Glücksgefühle aus. Sie werden durch ein Extrakt hervor gerufen, das sich in der Flasche befindet, aus der der Patient ständig trinkt und die im Verlauf der Behandlung heimlich nachgefüllt wird.«

Auf der Leinwand ist Victor zu sehen, als er aus der Kammer hinter dem Gemälde steigt, dann umarmt er eine unsichtbare Person, küsste sie, er sieht glücklich und zufrieden aus. Am Ende rast er durch das Schloss, dann wälzt er sich im Kleinen Kaminzimmer auf dem Boden, so, als würde er Coletta umarmen und mit ihr schlafen.

Kahlo kann kaum fassen, was sie da sieht. Sie ist zudem peinlich berührt, Victor so außer sich zu erleben.

» . . . Doch dann werden die Halluzinationen zum Albtraum, die Schockbehandlung beginnt: Hier glaubt der Patient, Coletta habe ihn verlassen – so wie seine Ex-Frau.«

Wir sehen, wie Victor durch das Schloss rennt, sein Blick ist irre. Er sucht Coletta.

» . . . Phase drei: Die fiktive Person ähnelt im Verhalten immer mehr der Person, welche dem Patienten den großen Schmerz zugefügt hat.«

Victor wälzt sich auf dem Boden.

» . . . Phase vier: Der Patient ist so mit sich selbst beschäftigt, dass er seine Selbstmord-Gedanken völlig vergisst. Mit dem Erwachen wird der Patient auch seinen Albtraum vergessen haben. Er wird von diesem Moment an ein neues Leben beginnen können. ‚Corvina' – ich habe es nach dem ersten menschlichen Patienten genannt – Corvina ist eine höchst schmerzliche Erfahrung, aber eine höchst heilsame, denn es ersetzt eine langjährige psychologische und medikamentöse Behandlung!«

Man sieht wie Victor schläft. Er wirkt friedlich.

Im Saal ertönt großer Beifall aller Anwesenden.

Kahlo schaut fassungslos auf das Bild des schlafenden Victors.

» . . . Die Behandlung ist heute zu Ende, Corvina wird abgesetzt. Nach kurzer Erholung ist der Patient ein freier Mensch, frei von den Dämonen der Vergangenheit. An die Behandlung selbst wird er sich mit keinem Gedanken erinnern. Ich sage Ihnen: Corvina wird die Welt verändern!«

Karl schaut selbstgefällig in die Runde.

»Abschließend möchte ich mich für die finanzielle Unterstützung der Lichtenfeldschen Forschungs-Stiftung bedanken. Der Erfolg gibt Ihnen Recht: Forschung und Industrie müssen zusammenarbeiten!«

Beifall der Anwesenden. Albert geht nach vorne zu Karl, schüttelt ihm die Hand und klopft ihm auf den Rücken.

»Meinen Glückwunsch! Für einen Bürgerlichen ganz passabel! Wie Sie wissen, können wir auf die Inspiration des wissenschaftlichen Nachwuchses nicht verzichten. Und das marode Bildungssystem kann auf unsere Stiftung nicht verzichten. Dafür haben wir unsere Stiftung mit einem großzügigen Etat ausgestattet. Sie sind ein glänzendes Beispiel für die Wichtigkeit unserer Stiftung. Sie haben als Jahrgangsbester der Forschung einen unschätzbaren Beitrag erbracht. Der liebe Enz wird Ihnen dafür nun den wohlverdienten Scheck überreichen!«

Enz kommt nach vorne und überreicht Karl einen Scheck. Er trägt dabei Butlerhandschuhe.

Albert merkt gönnerhaft an: »Jetzt holen Sie Ihren Patienten und nehmen ihn mit nach Hause. Morgen sprechen wir über die Vermarktung von ‚Corvina'. Das Präparat wird eine bahnbrechende Entwicklung auf dem Gebiet der Medizin darstellen! Hoffentlich ist keiner der Anwesenden Psychologe – die werden demnächst arbeitslos!«

Die Anwesenden lachen. Karl übergibt Albert einen USB-Stick mit den Forschungs-Ergebnissen, nimmt dafür unterwürfig seinen Scheck entgegen und geht. Beifall brandet auf.

Kaum hat Karl den Raum verlassen, verhärtet sich Alberts Miene.

Kahlo ahnt, dass dies noch nicht das Ende der Veranstaltung ist.

»Was für ein eitler, schäbiger Quacksalber!«

Albert schaut angewidert in die Runde.

»Verrät den besten Freund und macht ihn zum Experiment für seine Forschungen! Solche Subjekte muss man ausquetschen, aber dann gehören sie weg! So einer ist Abschaum – Charakter ist und bleibt eine Sache der Herkunft!«

Kahlo tippt aufgeregt mehrmals auf ihr Smartphone. Auf dem Display wird angezeigt, dass alles, was die Kamera von unten überträgt, nun aufgezeichnet wird.

»Wollen wir nun endlich der Wissenschaft das Feld überlassen: Graf von Molchow, wir sind gespannt auf Ihre Ausführungen!«

Beifall aller Anwesenden. Der Graf scheint ein wichtiger und überaus eitler Mann zu sein: Er trägt einen sorgsam gezwirbelten Schnurrbart und einen großen goldenen Siegelring.

Kahlo schaut prüfend auf ihr Smartphone: Dort wird angezeigt, dass das Gerät nach wie vor die dubiose Veranstaltung aufzeichnet.

Graf von Molchow blickt bedeutungsvoll in die Runde.

»Der Anfang war getan, doch nun galt es, das Produkt in unseren eigenen Labors weiter zu entwickeln. Dadurch, dass die technische Ausstattung der Universität von uns bereitgestellt wurde, hatten wir zu jedem Zeitpunkt Einblick in die Forschungsdaten. Bereits Monate vor dem eben demonstrierten Experiment erkannten wir das enorme Potential des Mittels.

Kommen wir also zu Punkt eins: Der Namensgebung. Wir nennen es ,Exsudat'. ,Exsudat' bedeutet: Absonderung, Exkrement, also Reinigung vom Abfall. Nomen est Omen.

Aber bevor ich Ihnen erläutern will, warum wir diesen Namen gewählt haben, lade ich Sie zu einer kleinen Geschichtsstunde ein. Film ab.«

Auf der Leinwand hinter dem Grafen werden in schneller Folge Bilder verschiedener europäischer Konflikte gezeigt: Zerstörte Dörfer und Massengräber in Ex-Jugoslawien, Sprengstoffanschläge in Nord-Irland, Nord-Spanien, Anschläge in der U-Bahn von Moskau sowie der Krieg in der Ukraine.

»Ich möchte einleitend eine klare Aufforderung aussprechen: Wir Europäer dürfen nicht mehr zulassen, dass wir uns selbst zerfleischen. Solche Konflikte wie in Ex-Jugoslawien, Nord-Irland, Nord-Spanien, Russland oder der Ukraine darf es nicht mehr geben.«

Stimmungen im Zusammenhang mit dem Referendum zum Austritt des Vereinigten Königreichs aus der Europäischen Union werden gezeigt, dann Demonstrationen im Rahmen des Unabhängigkeitsreferendums für ein von Spanien unabhängiges Katalonien.

»Auch diese Brüder und Schwestern wurden sehr deutlich daran erinnert, dass es nie wichtiger war als heute, Europa zusammenzuhalten. Doch am Ende muss jeder selbst für seine Entscheidung gerade stehen.«

Verschiedene Aufzeichnungen von vor der italienischen Küste und im Mittelmeer aufgebrachten Flüchtlingsbooten sind zu sehen. Die südspanische Polizei und Frontex nehmen illegale afrikanische Einwanderer in Gewahrsam. Schiffe der Seenotrettung und von Hilfsorganisationen retten Boatpeople vor dem Ertrinken. An den Stränden und Felsenküsten des Mittelmeers werden die Leiber ertrunkener Menschen angespült.

Migranten aus Schwarzafrika versuchen über den Grenzzaun der an Marokko angrenzenden, spanischen Exklave Melilla zu klettern. Es sind junge Männer, die in den verheißungsvollen Westen wollen.

Eine Armada von Booten mit illegalen Einwanderern nähert sich den Ägäisinseln. Die Menschen haben ein teils monatelanges Martyrium durch die Wüste und Krisengebiete hinter sich.

In Auffanglagern werden sie von einer Hundertschaft von Ärzten und freiwilligen Helfern betreut. Die Neuankömmlinge sehen erschöpft und hungrig aus; sie blicken dankbar in die Kamera, nachdem sie mit dem Notwendigsten versorgt wurden.

Auf der Leinwand hinter Molchow ist eine große Gruppe von Migranten zu sehen. Die Gesichter einiger Dutzend Männer werden mit einem roten Kreis markiert und in einer schnellen Animation so vergrößert, dass alle zusammen die Leinwand füllen. Darunter werden Namen, Alter und Geburtstorte eingeblendet und im nächsten Schritt die Information, an welchem der in den vorangegangenen Jahren in Europa verübten Terroranschlägen die jeweilige Person beteiligt war.

Kahlo ist irritiert. Ihre Gedanken rasen und sie hat Schwierigkeiten, das eben Gesehene mit den Ereignissen davor in Einklang zu bringen.

»Diese Bilder bedürfen keines weiteren Kommentars. Jedem Bürger in Europa ist mittlerweile bewusst, dass unsere Regierungen den Terror leichtfertig importiert haben. Es begann mit der sogenannten ‚Humanitären Hilfe' – aber das Resultat, das muss ich Ihnen nicht vor Augen führen. Sie kennen die Bilder dazu nur zu gut.«

Graf von Molchow mustert mit bebenden Lippen alle Anwesenden.

»Sicher sind gerade wir, die wir hier sitzen, unsere Ahnen nicht ganz unschuldig an dieser Entwicklung. Die Kolonien, die Förderung von Bodenschätzen auf fremdem Terrain – das hat in der Vergangenheit zu Ungleichheit geführt.«

Schuldbewusst schaut Molchow in die Runde. Im Saal herrscht betretenes Schweigen.

»Auf der anderen Seite . . . «, Molchows Miene überzieht plötzlich ein spitzbübisches Lächeln, » . . . haben wir ihnen doch auch den Handel gebracht und eine Unzahl wissenschaftlicher, technischer und kultureller Errungenschaften! Und außerdem: Kann man von einer Gesellschaft – auch von einer in Afrika und Asien – nicht wie von jeder anderen erwarten, dass sie die Bürden der Vergangenheit innerhalb eines halben oder sogar ganzen Jahrhunderts mit eigener Kraft abwälzt?«

Molchow erntet zustimmendes Kopfnicken bei den Zuhörern.

»Auch wir haben es nicht zugelassen, dass die Türken Wien überrannt haben. Auch wir haben einem Dschingis Khan seine Grenzen aufgezeigt. Wir haben es schließlich sogar geschafft, uns von den Besatzern, vor allem aber vom Bolschewismus zu befreien. Und wir haben dies geschafft, *ohne* dabei auf fremdes

Terrain vorzudringen! Wir haben diesen Prozess innerhalb unserer Grenzen vollzogen.«

Der Beifall des Publikums bestätigt Graf von Molchows Ausführungen.

Bilder der überbevölkerten Dritten Welt sind zu sehen. Ganze Landstriche sind ausgetrocknet. Die Menschen hungern und wohnen in provisorischen Behausungen unter menschenunwürdigen Bedingungen. Kinder spielen auf gigantischen Müllkippen, Flussläufe am Rande von Elendsvierteln sind von Fäkalien und Unrat bedeckt; tote Tiere schwimmen dazwischen.

»*Wir* sind nicht verantwortlich dafür, dass diese Menschen nicht in der Lage sind, eine vernünftige Infrastruktur aufzubauen; *wir* sind auch nicht dafür verantwortlich, dass in großen Teilen von Afrika oder Asien ein Klima herrscht, das ein Leben dort sehr schwer oder gar unmöglich macht. Aber . . . «, Molchow schaut nun entschlossen ins Publikum, » . . . aber wir sind gerne bereit, unseren bereits geleisteten Beitrag zur Entwicklungshilfe sogar noch auszubauen.«

Kahlo hat ihre anfängliche Verwirrung überwunden, kann sich aber nach wie vor keinen Reim darauf machen, worauf Molchows Ausführungen hinauslaufen sollen.

»Jedoch . . . «, Molchow macht erneut eine rhetorische Pause, » . . . wir können auch erwarten, dass wir von ihren hausgemachten Konflikten unberührt bleiben. Es kann nicht sein, dass wir in religiöse und gesellschaftliche Auseinandersetzungen hineingezogen werden, die sich in einem vollkommen anderen Kulturkreis abspielen.«

Bürgerkriegsszenen aus Somalia, Sierra Leone und dem Sudan sind zu sehen, dann Aufnahmen zerstörter Städte in

Syrien, Afghanistan und dem Irak; schließlich nicht enden wollende Flüchtlingsströme, die über Österreich nach Deutschland hineinschwappen.

»Und für denjenigen, der immer noch die Augen vor der Realität verschließt, möchte ich unmissverständlich sagen: Mitleid ist in diesem Fall die falsche Haltung. Der Feind unserer westlichen Zivilisation *ist* die Dritte Welt, das muss jedem Europäer klar sein!«

Graf von Molchow lässt seinen Zuhörern einen Moment Zeit, seine Ausführungen auf sich wirken zu lassen. Dann fährt er fort.

»Eine zentrale Ursache: Die Überbevölkerung. Je niedriger die Bildung, desto höher die Geburtenrate – der Pöbel breitet sich explosionsartig aus. Doch bei immer mehr Menschen bleibt immer weniger für unsere westliche Zivilisation übrig. Aus diesem Grund muss die Welt wieder geordnet werden, deshalb muss die Welt wieder so wie früher werden: Überschaubarer, sicherer, kontrollierbarer!«

Ein barmherziges Lächeln überzieht Graf von Molchows Gesicht.

»Gerne leisten wir also unseren angesprochenen Beitrag zur humanitären Hilfe – aber auf unsere ganz spezielle Art.“

Bilder der Wasseraufbereitungsanlage aus dem Prolog werden gezeigt. Viele Menschen stehen davor und füllen in Plastikkanister Wasser ein.

»Konkret: Wir verbreiten ‚Exsudat' in der Dritten Welt – zum Beispiel über die Wasseraufbereitungsanlagen, die wir seit längerem in unser Zielgebiet liefern. Außerdem ist die Kooperation mit einem Lebensmittelkonzern angedacht, der sich in vielen fraglichen Regionen die Rechte an den

Wasserquellen gesichert hat und bereit ist, seinen Profit unserer Sache unterzuordnen. So treiben wir den Mob, ähnlich wie diesen Victor, ins Chaos, in den Wahnsinn.«

Asiatische und afrikanische Kindersoldaten schauen mit leeren Augen von der Leinwand herab. Alle Kinder sind bewaffnet.

»Erhöhen wir die Dosis von ,Exsudat' um ein Vielfaches und ich garantiere Ihnen: Schon bald werden sich die Leichenberge über den Kilimandscharo und den Mount Everest türmen! Nur wenn wir unsere Feinde dazu bringen, sich selbst auszuradieren, werden wir und unsere Art zu leben fortbestehen, nur so!«

Das afrikanische Dorf aus dem Prolog ist zu sehen, dann seine Nachbardörfer – die Straßen sind mit Leichen übersät.

»Hier sehen Sie unseren ersten Praxistest – zu annähernd hundert Prozent erfolgreich!«

Graf von Molchow ist stolz auf diese Quote und schaut beifallheischend in die Runde.

»Ein paar Kinder haben überlebt, aber das haben die Geier und Hyänen vollends für uns erledigt.«

Molchow fährt ungerührt fort.

»Wir konnten den Test als eine äußerst seltene Abwandlung des Tollwutvirus tarnen, der das zentrale Nervensystem angreift. Diese Fakten untermauern wir durch die wissenschaftliche Publikation zweier Studenten, die wir ohne deren Wissen mit falschen Informationen fütterten. Leider waren sie im Begriff, diese Täuschung zu durchschauen, deshalb mussten wir sie ruhig stellen.«

Die stark weitwinklige Aufnahme einer Überwachungskamera wird eingeblendet. Auf den ersten Blick wirkt sie wie die Aufnahme aus einer Höhle, die durch einen Scheinwerfer punktuell in grelles Licht getaucht ist. Die Kamera zoomt heran auf zwei Gestalten, die jeweils in einem Käfig, kaum größer als sie selbst, gefangen sind. Die erschrockenen Gesichter erweisen sich als Felix und Tim.

»Auch wenn sich unsere Anwärter redlich bemüht haben, für den Hauptpreis hat es heute nicht gereicht.«

Großes Gelächter im Publikum. Enz schaut vielsagend, Graf von Molchow nickt ihm anerkennend zu. Er betätigt eine Taste und auf der Leinwand erscheint groß das Logo „Exsudat".

»Man stelle sich nur eine Verbreitung unseres Mittels in gesamt Afrika und Asien vor: Chaos würde herrschen, unbeschreibliches Chaos, so dass die europäischen Regierungen endlich unsere Grenzen dicht machen würden! So lange, bis außerhalb unseres Kontinents Ruhe herrscht – tödliche Ruhe!«

Grenzen im Süden und Südosten Europas werden geschlossen, gewaltige Grenzzäune errichtet; Schiffe und Aufklärungsflugzeuge der Nato patrouillieren vor den Küsten.

»Doch all das gilt einem hehren Ziel: ‚Befrieden' wir anschließend die Welt, kolonialisieren wir sie neu nachdem sie von der Barbarei befreit wurde – und *unsere* Zivilisation wird auf ewig Schutzherr dieses Planeten sein – dann warten nur noch die Sterne auf uns!«

Graf von Molchow zittert vor Erregung, sein Gesicht ist rot und er schwitzt – ein Demagoge ganz in seinem Element.

Großer Beifall der Zuschauer ertönt, alle erheben sich.

Kahlo starrt entsetzt nach unten, sie kann kaum glauben, was sie da hört.

»Hervorragende Arbeit . . . «

Albert von Lichtenfeld hat Schwierigkeiten, sich durch den tosenden Beifall hindurch Gehör zu verschaffen und bittet mit beschwichtigender Geste um Ruhe.

»Hervorragende Arbeit . . . wie immer, Lieber Graf!«

Mit ausgebreiteten Armen geht er auf Molchow zu.

»Ich werde mich noch heute Abend mit den zuständigen Abgeordneten des Entwicklungshilfe-Ministeriums in Brüssel treffen und ihnen die sofortige Lieferung unserer ‚Hilfsmittel' für die von der Dürre heimgesuchten afrikanischen Länder zusagen. Die Transportmaschinen können bereits morgen beladen und gestartet werden. Das ist Bürokratie der kurzen Wege, liebe Freunde.«

Erneut brandet Applaus auf, Ausgelassenheit macht sich unter allen Anwesenden breit.

Albert nimmt es zufrieden zur Kenntnis und bittet dann erneut dankend um Ruhe. Sein Gesicht bekommt einen verschmitzten Ausdruck, so als ob er noch eine unerwartete Zugabe zu bieten hat.

»Ich möchte es kurz machen, sie sind mit ihren Gedanken sicherlich schon bei der reich gedeckten Tafel«, Albert wartet geduldig, bis sich das heitere Lachen der Anwesenden wieder gelegt hat. »Machen wir zum Abschluss unserer Sitzung doch noch ein kleines Experiment und überzeugen uns direkt von der gewaltigen Wirkung von Graf von Molchows Weiterentwicklung.«

Albert startet seine eigene Präsentation.

»Der Proband hat mit dem Berühren des Schecks ein hoch dosiertes Exsudat-Konzentrat verabreicht bekommen . . . «

Kahlo ist das Entsetzen ins Gesicht geschrieben, als auf der Leinwand hinter Albert in Großaufnahme noch einmal die

Übergabe des Schecks an Karl zu sehen ist. Nun ist klar, wieso Enz Handschuhe trägt.

» . . . und die Substanz dringt sofort tief in das Unterbewusstsein seines Wirts. Dort verändert es schlagartig dessen Persönlichkeit – wir können diesen Prozess je nach Adressat individuell steuern. In diesem Fall wird der Exsudat-Träger nur noch einen Gedanken haben: Er will den Menschen, den er am meisten beneidet, den er schon immer überflügeln wollte, zerstören – mit aller Kraft!«

Auf der großen Leinwand hinter Albert ist Karl zu sehen, wie er zielstrebig durch die Räume des Schlosses geht und laut und wütend ruft: »Victor! Victor! Wo steckst du, verdammt noch mal! Komm raus!«

Albert schaut süffisant in die Runde der Anwesenden.

»Nach unseren Berechnungen ist das bei Karl dessen bester ‚Freund' Victor: Der unerbittliche Wille, diesen Menschen zu beseitigen, ist bereits eingetreten. Wie im Kleinen, so im Großen: Unsere Probleme erledigen sich von selbst, unsere Feinde beseitigen sich gegenseitig!«

Kahlo wird bleich und wagt nicht zu atmen.

Ein Raunen geht durch den Saal, dann brandet großer Beifall der Zuschauer auf.

Endlich erwacht Kahlo aus ihrer Erstarrung: Sie stoppt die Videoaufnahme und zieht hastig den Stecker der Kamera aus ihrem Smartphone. Dabei rutscht das Kabel nach unten. Vergeblich versucht Kahlo es zu erwischen, aber es fällt mitten in den Saal.

Albert sieht es und unterbricht die Fortsetzung seiner Rede.

Auch ein Zuschauer steht auf und zeigt nach oben auf den großen Kronleuchter. Nun sehen auch die anderen Zuschauer im Saal nach oben.

»Da! Da oben, über dem Kronleuchter!«

Im Saal entsteht ein Tumult. Albert gibt seinem Diener Enz ein Zeichen. Enz steckt sich ein kabelloses Headset ans Ohr und verlässt schnell den Raum.

Albert überlegt kurz und schaltet dann den Videobeamer aus; das Licht geht an. Schließlich wendet er sich mit gewohnter Souveränität an die Anwesenden.

»Freunde . . . Freunde. Manchmal ist es gut, einen Trumpf im Ärmel zu haben.«

Albert lacht gewinnend und die Aufregung im Saal legt sich sofort wieder.

»Auf Sie alle wartet eine kleine Überraschung: Vor dem Abendessen findet eine Fuchsjagd statt. Diesmal sind die ‚Tiere‘ leicht zu treffen, diesmal sind es Zweibeiner! Weidmannsheil!«

Lachen und zufriedene Gesichter der Anwesenden.

Kahlo bekommt Alberts letzte Worte nicht mehr mit. Sie hat die Kammer über dem Kronleuchter bereits verlassen und ist dabei, Victor und Karl im Schloss zu suchen – wo auch immer die beiden sich befinden.

16. Dein Freund der Feind

Karl stößt wenige Augenblicke später im Kleinen Kaminzimmer auf Victor. Der hat sich in mehrere Vorhangstoffe eingewickelt und schläft. In dem wertvollen Samt sieht Victor aus wie ein verwöhnter Prinz, der sich keine Sorgen im Leben machen muss.

Karl atmet schwer. Wütend betrachtet er den schlafenden Freund. Seine rechte Hand spielt nervös mit Alberts Scheck.

Die Handknöchel werden weiß.

In Karls Körper hat wenige Minuten zuvor der Kampf von Gut gegen Böse begonnen. Er spielt sich nach einem ähnlichen Muster ab, wie zuvor bei Victor. Nur, dass die Schlacht in Karls Fall für die Guten kaum zu gewinnen ist.

Ausgangspunkt für die Angriffswelle ist die Oberfläche des Schecks. Da die Dosierung des Wirkstoffes bei „Exsudat" gegenüber „Corvina" zehn mal so hoch ist, kann er problemlos als Kontaktmittel eingesetzt werden, während „Corvina" ausschließlich nach oraler Einnahme seine Wirkung entfaltet.

Zwischen den riesigen geschwungenen Buchstaben von Alberts Unterschrift wurden einige Stunden zuvor Millionen kleiner weißer Teile in einem automatisierten Verfahren dazu gebracht, sich wie Pilze auf der Papieroberfläche festzusaugen. Immer mehr dieser Teile lösen sich nun vom Papier und dringen in die Haut von Karls Hand ein.

In einer aberwitzigen Berg- und Talfahrt jagen sie durch seinen Körper und landen nach ihrer nur Millisekunden andauernden Vereinnahmung mit unmittelbar folgender Umwandlung schließlich in seinem Gehirn, wo sie sich explosionsartig in alle Ecken und Winkel verstreuen.

Die Wirkung der Eindringlinge auf den Sehnerv ist in dieser Phase relativ drastisch. Karl sieht plötzlich alles so, als würde er hinter einer Fensterscheibe stehen, gegen die ein Schneeball geknallt und in tausend kleine Teile zerborsten ist. Eine Begleiterscheinung, die in zukünftigen Versionen des Wirkstoffes beseitigt werden soll. Aber auch Karls Blick klärt sich schnell wieder – gerade rechtzeitig, um zu beobachten, wie Victor auf den Vorhängen liegend, noch ein wenig benommen, langsam die Augen öffnet.

Karl packt die blanke Wut. Er tritt Victor mit einem Schuh gegen die Beine. Victor ist noch zu müde um genau zu realisieren, was gerade passiert.

»Au . . . ! Karl . . . ? Was macht du denn hier?«

Karl schaut ihn hasserfüllt an.

»Immer wurdest du bevorzugt! Aber diesmal bin *ich* besser als du, diesmal hab *ich dich* in der Hand, diesmal hab *ich dich* manipuliert!«

Karl ergreift den Stoff und zerrt den auf dem Vorhang liegenden Victor hinter sich her. Während der rasenden Fahrt über das Parkett ist Karls Blick irre, das Mittel hat bereits große Wirkung auf ihn.

»Karl . . . ? Hey, wo willst du denn hin . . . ?«

»Fresse halten Victor! Jetzt bin ich dran, jetzt kommst du dahin, wo du hingehörst! Wieso hab ich nur so lange gewartet? Wieso hab ich das nicht schon längst gemacht?«

Karl zieht Victor durch mehrere Räume. Er sieht dabei aus wie ein Bediensteter, welcher seinem Herren eine rasante Fahrt ermöglicht. Victor schafft es nicht, sich aufzurichten, er ist Karl ganz ausgeliefert.

Kahlo läuft währenddessen weiter suchend durch das Schloss. Sie hat nicht den geringsten Anhaltspunkt, wo sich Victor und Karl genau aufhalten könnten und vertraut deshalb auf den Zufall. An einem Seitenaufgang bleibt sie stehen: Sie hat das Gefühl, dass sie in einiger Entfernung Karls Stimme hört.

Karl macht absichtlich einen ruckartigen Schlenker und Victor prallt mit voller Wucht gegen ein Geländer. Mehrere Streben brechen heraus und Victors Oberkörper hängt für einige Augenblicke über dem Abgrund.

Enz betritt im Erdgeschoss das Treppenhaus und hält inne, als er das Krachen hört. Er schaut nach oben und sieht Victors Oberkörper über den Abgrund ragen. Er springt zur Seite, als die Streben des Treppengeländers auf ihn herab fallen und vor ihm auf dem Boden aufschlagen. Dann sieht er gerade noch, wie Victors Körper ruckartig zurückgezogen wird. Enz grinst schadenfreudig.

Karl packt den benommenen Victor am Kragen und zerrt ihn über das Treppenhaus ein Stockwerk nach oben.

Zwei wütend bellende Hunde rennen Enz voraus die Treppen hoch. Dann hält Enz die Hunde mit einem lauten Pfiff davor zurück, sich noch ein Stockwerk höher auf Karl und Victor zu stürzen. Sein Interesse gilt Kahlo, die er offenbar auf seinem Stockwerk vermutet. Er biegt in einen der Gänge ein, die Hunde folgen ihm.

Oben angelangt öffnet Karl das nächstliegende Fenster, welches hinaus auf das Dach führt.

»Eine Menge Frauen werden mir für das dankbar sein, was ich jetzt mache!«

Er klettert auf den Fenstersims und zerrt den benommenen Victor an sich vorbei nach draußen. Das Dach an dieser Stelle des Schlosses ist ziemlich steil, die Dachrinne gut acht Meter über dem Boden.

»Du willst sterben? Na, dann los! Befrei dich, befreie *uns* von dir!«

Karl will Victor ganz hinaus schieben, doch Victor hält sich an Karls Jacke fest. Beide fallen nach draußen und rutschen das steile Dach hinunter.

Victor und Karl können sich an hervorstehenden Ziegeln festhalten, aber keiner kann sich aus eigener Kraft wieder zurück nach oben ziehen.

Obwohl Karl selbst in Lebensgefahr ist, versucht er nach Victor zu treten und ihn vom Dach zu stoßen.

»Loslassen, Victor! Dann hast du's endlich hinter dir!«

Victor schaut Karl verständnislos an.

»Hör auf, das ist nicht witzig!«

»*Du* bist ein Witz, *du*! Stirb endlich! Es wird keiner um dich weinen!«

»Karl! Was ist denn los . . . ?«, ruft Victor verzweifelt.

Kahlo erscheint plötzlich am Fenster. Entsetzt sieht sie, wie Karl mit den Schuhen versucht, Victor in die Tiefe zu treten.

»Karl !!!«

Karl dreht sich außer sich zu ihr herum.

»Hilf mir! Der Kerl muss endlich weg!«

Kahlo reagiert blitzschnell: Sie reißt einen der Vorhänge herunter und wirft ihn, wie ein Seil, nach draußen. Allerdings lässt sie es neben Victor herunter, so dass nur er, nicht Karl, sich am Vorhang festhalten kann.

Karl schaut sie fassungslos an.

»Zu mir, du Schlampe, zu mir!«

Victor hält sich am Vorhang fest und zieht sich, Stück für Stück, nach oben. Karl versucht weiter, ihn mit seinen Schuhen zu treffen. Victor kann nicht fassen, wieso Karl sich so verhält.

»Karl, hör auf! Drehst du jetzt völlig durch . . . ?!«

Kahlo zieht Victor vollends ins Innere.

Karl ist außer sich.

»Hey, Dreckstück, den Vorhang her!«

Kahlo wirft ihm einen vorwurfsvollen Blick entgegen.

»Kannst du dich halten?«

»Klar kann ich mich halten! Her mit dem Vorhang!«

»Dann holen wir dich später.«

»Was? Halt, stopp! Du . . . du rettest ihn? Ihn rettest du, aber mich lässt du hängen!«

Kahlo schüttelt energisch den Kopf.

»Wir holen dich später. Du hast dein eigenes, bescheuertes Mittel bekommen, allerdings die x-fache Dosis.«

Karls Wut weicht mit einem Mal großer Verzweiflung. Das Mittel, welches er selbst entwickelt hat, versetzt ihn in so extreme Seelenzustände, dass er seinen Gefühlen hilflos aufgeliefert ist.

»Immer *er*, immer *er* zuerst . . . ! Dabei wollte ich ihn retten. Alles hab ich in dieses Mittel investiert; aber ich brauchte Hilfe; warum dankt ihr es mir nicht? Warum?!«

Karl schaut Victor und Kahlo fassungslos an. Dann fixiert er Kahlo. Sein verzweifelter Blick signalisiert, dass er sich von ihr nichts mehr erhofft. Kahlo versteht plötzlich, dass Karl vorhat, sich in die Tiefe zu stürzen.

»Nein, mach das nicht! Ich werf dir den Vorhang zu! Nein . . .«

Doch Karl hat schon losgelassen, er stürzt rückwärts in die Tiefe. Sein Körper schlägt mit einem dumpfen Schlag auf der Erde auf.

Victor und Kahlo sind entsetzt, können aber wegen des Dachvorsprungs nicht erkennen, was mit Karl passiert ist.

»Wieso hat er das gemacht? Ich verstehe das nicht!«, fragt Victor entgeistert.

»Das . . . das erklär ich dir später . . . komm, wir müssen jetzt gehen!«

Kahlo will so schnell wie möglich weg, aber Victor schaut sie nur verständnislos und verzweifelt an. Dann realisiert er plötzlich, wer vor ihm steht. Er blickt der jungen Frau vor ihm in die Augen und beginnt zu strahlen.

Victors Körper ist noch nicht ganz frei von „Corvina". Eine letzte Mission hat das Mittel zu erfüllen. In der Blutbahn schwimmen zwar nur noch ganz wenige weiße Teile mit, aber sie arbeiten ihre Aufgabe gewissenhaft ab, um Victors Heilungsprozess zum gewünschten Abschluss zu bringen.

Victors Herz pocht laut und schnell, als er Kahlo verwundert anschaut: »Coletta! Wo warst du?«

»Dieses verdammte Mittel wirkt ja immer noch!«, Kahlo schüttelt fassungslos den Kopf. »Irgendwann *muss* das doch aufhören!«

»Was muss aufhören? Nichts muss . . . du hast mich gerettet!«

Victor bewegt sich auf Kahlo zu und ist im Begriff, sie dankbar in den Arm zu nehmen. In seinen Augen sieht sie aus wie eine leicht verblassende Coletta, die Ähnlichkeit der beiden ist frappierend.

Kahlo zögert für einen Moment – ihr ist anzusehen, dass sie einer Umarmung nicht abgeneigt wäre. Dann aber weicht sie zurück.

»Später! Wir müssen hier weg und zwar sofort!«

Kahlo packt Victor am Arm und zieht ihn hinter sich her durch die Räume, während sie sich daran zu erinnern versucht, wo es im Erdgeschoss einen Ausgang geben könnte. Dann fällt ihr ein, dass ihr Smartphone ihr dabei helfen kann.

Die App, die neben den aktiven Mobilfunkverbindungen auch einen groben Grundriss des Schlosses wiedergibt, zeigt ihr mehrere Ausgänge an. Erstaunt und erschrocken zugleich nimmt Kahlo zur Kenntnis, dass die meisten Punkte der Mobilfunkverbindungen sich außerhalb des Schlosses bewegen, so als würden die Besitzer einen undurchdringbaren Kordon um das Gebäude bilden.

Kahlo entschließt sich, einen Ausgang in einem der Seitenflügel anzusteuern, in dessen Nähe sich niemand aufzuhalten scheint. Aber es muss schnell gehen, bald könnte auch diese Fluchtmöglichkeit blockiert sein.

Victor ist erschöpft und wankt beim Gehen, während er Kahlo folgt. Aber sein Gesicht hat einen zuversichtlichen Ausdruck. In seinen Augen wird er von Coletta gezogen.

Über das Treppenhaus gelangen sie ein Stockwerk nach unten. Durch einen der langen Gänge ist entfernt das Bellen der Hunde zu hören, welches rasch näher kommt. Victor ist plötzlich das Entsetzen ins Gesicht geschrieben, aber Kahlo ist zu allem entschlossen.

»Da entlang!«, gibt sie zu verstehen, während sie konzentriert auf ihr Smartphone schaut.

Sie zieht Victor in die entgegengesetzte Richtung und rennt mit ihm einen Korridor entlang. Über einen kleinen Seitenaufgang stolpern sie die enge Wendeltreppe hinab. Victor stürzt, kann sich aber mit Kahlos Hilfe wieder aufrappeln.

Als sie das Kleine Kaminzimmer erreichen, läuft Kahlo sofort zu einem der Fenster und schaut nach draußen.

Mehrere Fahrzeuge fahren vom Schloss weg in Richtung der Stallungen, die sich ein Stück entfernt am Rande einer großen

Wiese befinden. Aus dem Stall kommen Reitknechte, sie führen gesattelte Pferde hinter sich her.

Victor schaut nun über Kahlos Schulter aus dem Fenster und reagiert hysterisch.

»Was haben die vor?«

»Keine Ahnung, aber sicher nichts Gutes! Wir müssen weiter!«

Victor blickt entgeistert nach draußen. In seinen Augen versammeln sich vor dem Schloss mehrere Dutzend Reiter, dazwischen wild umherlaufende Hunde – eine Jagdszene wie auf einem späten Rubens-Gemälde. Victor kann keinen Schritt weiter gehen.

In Victors Blutbahn lösen sich die weißen Teile immer schneller auf. Mehrere Hautschichten werden zu diesem Zweck verstärkt durchblutet, was zur Steigerung der Schweißproduktion führt. Durch verschiedene Drüsen auf Victors Stirn treten gewaltige Schweißtropfen hervor und fließen an Victors Gesicht in breiten Bahnen hinab.

»Die wollen uns jagen! Zuerst hetzen sie die Hunde auf uns, die zerfleischen uns dann, wir ertrinken und am Ende brennen wir!«

Kahlo schaut Victor kopfschüttelnd an.

»Victor, red' keinen Unsinn, wir müssen jetzt weiter!«

Sie verstaut schnell ihr Smartphone und versucht nun mit beiden Händen, Victor mit sich zu ziehen; doch er bewegt sich nicht von der Stelle.

»Ich . . . ich kann nicht mehr weiter . . . ich habe Durst . . . furchtbaren Durst.«

Victor dreht sich um und erblickt plötzlich das „leere"

Porträt der Coletta. Kahlo sieht es nun ebenfalls. Sie zögert, geht einen Schritt vor, schaut Victor an. Der blickt ihr gebannt in die Augen: Er sieht Coletta. Sie steht genau inmitten des Bilderrahmens und lächelt ihn an.

»Victor! Du . . . «

Doch Victor starrt wie paralysiert auf das Gemälde mit Coletta darauf.

Kahlo geht wütend auf Victor zu und packt ihn unsanft an den Schultern.

»Wir müssen weg hier, verdammt noch mal!«

Victor will sich wehren und windet sich zur Seite weg. Doch dann erstarrt sein Blick. Kahlo dreht sich um und erschreckt ebenfalls: Durch den langen Korridor erblickt sie Enz, der sie vom gegenüberliegenden Raum aus bewegungslos beobachtet. Mit jeder Hand hält er einen der Hunde am Halsband fest.

Victors Blick ist starr auf die Hunde gerichtet. Für einen Moment fixieren sich Kahlo und Enz, dann lässt Enz die Hunde los. Kahlo stürzt Richtung Tür und knallt hastig einen der Flügel zu. Der andere lässt sich schwerer bewegen und fällt gerade rechtzeitig ins Schloss, um den schweren Aufprall eines der Hunde abzufangen.

Kahlo sieht, dass die Türflügel auf der anderen Seite des Raumes noch offen stehen.

»Victor! Die Türen dort!«

Aber Victor steht wie angewurzelt da und schaut sie verständnislos an. Kahlo stürzt los und rennt in Richtung der Türflügel. Vom Gang her ist das aggressive Bellen der Hunde zu hören. Kahlo packt den linken Türflügel und knallt ihn zu. Dann zerrt sie am rechten, der sich aber nur langsam bewegen lässt.

»Hilf mir Victor, ich bekomm das nicht zu!«, schreit sie verzweifelt.

Langsam löst Victor sich aus seiner Starre und macht einen Schritt in ihre Richtung.

»Coletta . . . «

Da erscheint einer der Hunde hinter Kahlo, springt hoch und packt sie an dem Arm, der an der Tür zieht. Kahlo schreit auf und stürzt.

Victor beobachtet entsetzt, wie Coletta sich am Boden windet. Sie blutet. Der Hund zerrt wild an ihrem Arm und zieht sie mit mehreren kräftigen, raubtierartigen Bewegungen nach außen auf den Korridor.

Endlich gibt Victor sich einen Ruck und stürzt auf die Tür zu. In diesem Moment kommt der zweite Hund angerannt und prallt von außen gegen den Türflügel. Während der erste Hund Coletta mit einer heftigen Bewegung vollends auf den Korridor zieht, knallt der zweite Türflügel ins Schloss. Victor erreicht die Tür und rüttelt daran, aber sie lässt sich nicht mehr öffnen. Von außen sind Kahlos Schreie durch die Tür zu hören.

»Victor . . . Nein, weg! . . . Victor . . . hilf mir!«

Victor ist verzweifelt.

»Coletta . . . !«

Er rüttelt vergeblich an der Tür, wirft sich dagegen, aber es hilft nichts. Schwere Kampfgeräusche sind auf der anderen Seite der Tür zu hören, vermischt mit Bellen und Schreien.

»Victor! . . . Victor! . . . lasst mich! . . . auuuuu . . . weg, ihr Bie . . . aahhh . . . «

»Coletta . . . Coletta . . . Nein!«

Mit einem mal verstummen die Kampfgeräusche, nur noch das heftige Hecheln und Hin- und Herlaufen der Hunde ist dumpf zu vernehmen. Unter der Tür bildet sich eine Blutlache, die sich schnell nach innen ausbreitet.

Victor steht das Entsetzen ins Gesicht geschrieben. Er lehnt vorn über gebeugt an der Tür; langsam rutscht er daran herunter und bleibt mit ausdruckslosem Gesicht sitzen.

»Coletta . . . «

Nach einiger Zeit richtet Victor sich auf. Er wirkt entschlossen, aber sein Blick ist seltsam entrückt. Ein letztes Mal versucht er vergeblich, die Tür zu öffnen, dann läuft er zu der anderen Tür, die sich ebenfalls nicht mehr öffnen lässt. Victor dreht sich um und geht wankend Richtung Fenster. Er öffnet es und schaut hinaus, doch auf dem Vorplatz ist niemand mehr zu sehen.

Vor Victors Augen verschwimmt alles für einen kurzen Moment. Dann sieht er wieder klar, gibt sich einen Ruck und klettert auf den Fenstersims.

Er schließt die Augen.

Auf seinem Gesicht zeichnet sich tiefster Schmerz ab.

Es hat den Anschein, als wolle er jeden Moment springen.

Ein Flashback schießt durch Victors Kopf.

»Dieses verdammte Mittel wirkt ja immer noch! Irgendwann *muss* das doch aufhören!«

Victor erinnert sich, wie Coletta ihm diese Worte vorwurfsvoll an den Kopf schleuderte. Vor seinem inneren Auge verschwimmt sie immer wieder, so als würde sie sich für einen kurzen Moment in Luft auflösen.

Karl taucht auf und spricht ihn direkt an.

»Du rettest ihn? Ihn rettest du, aber mich lässt du hängen!?«

Coletta stellt sich zwischen Karl und Victor und herrscht ihn energisch an.

»Du hast dein eigenes, bescheuertes Mittel bekommen, allerdings die x-fache Dosis.«

Victor wankt bedrohlich auf dem Fensterbrett. Coletta verschwindet in seiner Erinnerung nun fast vollständig, während das Bild von Karl, der an der Dachrinne hängt, konstant und scharf bleibt.

Allerdings ist es nicht die Dachrinne des Schlosses, an der Karl hängt, sondern das Flachdach der Universität. Karl lässt sich mit einem hämischen Grinsen in die Tiefe fallen.

»Victor, wir müssen weg hier!«, ermahnt ihn eine Stimme.

Victor hat den Moment vor Augen, in dem Coletta ihm diesen Satz zurief. Sie selbst ist aber nun vollkommen unsichtbar und Victor gelingt es auch nicht, sich an ihr Gesicht zu erinnern. Nur eine leichte Luftirritation lässt noch ihre Umrisse erahnen.

Aus Victors Augen laufen Tränen, er schluchzt und sein Körper bebt. Dann beginnt er hemmungslos zu weinen. Seine Tränen fallen als Tränen zu Boden. Der Vereisungsprozess hat aufgehört.

17. Die Jagd beginnt

Dann erwacht Victor mit einem mal aus seinem Schockzustand. Er hält sich am Fensterrahmen fest und beugt sich langsam nach vorn. Nun sieht er einen breiten Sims an der Hauswand entlang laufen. Victor macht einen Schritt nach draußen.

Über den Sims gelangt er auf einen niederen Vorbau und springt dann aus geringer Höhe in den Schlossgarten. Er läuft ein Stück und sucht zwischendurch immer wieder Deckung hinter Bäumen. Niemand ist zu sehen. Er schaut zum Gebäude zurück und überlegt. Da hört er ein Geräusch; es kommt von den Stallungen. Victor schleicht sich heran und bleibt neben dem großen Tor stehen. Er bewegt den Kopf langsam nach vorn und sieht ein angebundenes, fertig aufgezäumtes Pferd stehen.

Vom Schloss her sind plötzlich Stimmen zu hören. Victor überlegt kurz und schleicht dann in den Stall. Außer dem Pferd ist niemand da. Er bindet das Tier los und steigt auf. Mit geübter Geste hält er das Pferd im Zaum. Dann dirigiert es es behutsam zum Ausgang hin. Vom Schloss her sind Wagengeräusche zu hören, die sich schnell nähern.

Victor gibt seinem Pferd die Sporen und galoppiert los. Über die weite Wiese dirigiert er das Pferd Richtung Wald. Als er sich umschaut sieht er mehrere Geländewagen hinter sich. Mit mörderischem Tempo bewegt sich Victor auf den Rand des Waldes zu. Im letzten Moment reißt er das Pferd zur Seite und schießt mit ihm zwischen zwei Bäumen in den Wald hinein. Zweige peitschen ihm entgegen, aber Victor kann sich auf dem Sattel halten. Hinter ihnen schließt sich der Trauf.

Victor hat seine Verfolger abgeschüttelt und bremst sein Pferd ab. Langsam dirigiert er es zwischen den Bäumen hindurch. Er schaut sich um und reitet weiter in die Richtung, die er zuvor eingeschlagen hat.

In einiger Entfernung lichtet sich der Wald. Victor reitet darauf zu und gelangt schließlich auf eine Waldlichtung.

Als Victor auf der Mitte der Waldlichtung angekommen ist, hält er sein Pferd an und streichelt ihm beruhigend über den Hals. Dann steigt er ab und schaut sich um. Es ist totenstill. Von der Lichtung führt kein breiterer Weg in den Wald hinein. Nur ein schmaler Trampelpfad ist zu sehen. Victor überlegt und fixiert angestrengt eine Stelle am Waldrand; die Füße eines Hochsitzes sind im Dickicht zu erkennen.

Da ertönt hinter ihm der durchdringende Ton eines Jagdhorns. Victor schnellt herum. Im gleichen Augenblick wird der Ruf von der gegenüber liegenden Seite der Lichtung beantwortet. Das Pferd scheut und Victor kann es gerade noch am Zügel festhalten. Er blickt sich wieder um und erkennt nun, dass auf dem Hochsitz zwei Jäger sitzen. Victor schwingt sich auf das Pferd und sieht plötzlich auch auf der gegenüberliegenden Seite einen Hochsitz mit zwei Jägern. Sie nehmen ihre Flinten in Anschlag.

Victor brüllt: »Hey, was ist hier los?«

In diesem Augenblick fallen Schüsse. Victor gibt seinem Pferd die Sporen, duckt sich und treibt es zwischen den zwei Hochsitzen auf dem kleinen Pfad in den Wald zurück. Er schaut sich um, aber niemand folgt ihm. In schnellem Trab lenkt er das Pferd den Pfad entlang.

Er gelangt in eine kleine Schlucht und reitet auf einen Bach zu. Sein Durst ist gewaltig und er springt vom Pferd. Er bückt sich und schlürft hastig Wasser aus seinen Händen in sich hinein.

Plötzlich entdeckt er nicht weit entfernt einen Jäger auf der Kuppe des Hangs über der Schlucht. Victor richtet sich langsam auf, da ertönt direkt hinter ihm ein Jagdhorn. Victor springt auf sein Pferd und sucht, ohne sich umzublicken, die Flucht nach vorn, während der Jäger auf der Kuppe mit der Flinte auf ihn anlegt. In halsbrecherischem Tempo galoppiert Victor das Bachbett entlang und erblickt schließlich den Waldrand.

Pferd und Reiter erreichen das freie Feld ohne ihr Tempo zu verlangsamen. Bis zum Horizont reihen sich mehrere abgemähte Felder aneinander.

Dann entscheidet sich Victor dafür, eine mannshohe Hecke zu überspringen, welche zwei Felder voneinander trennt. Im Sprung erblickt er eine Kette von Jägern, die sich langsam auf ihn zu bewegt; vom Wald hinter ihm treten weitere Jäger auf das Feld hinaus.

Victor sitzt in der Falle. Er reißt das Pferd herum und reitet parallel zur Hecke auf eine kleine Buschgruppe zu. Schüsse fallen. Victor springt vom Pferd und jagt es mit einem Klaps weiter. Dann kriecht er hinter einen Steinhaufen und hebt vorsichtig den Kopf, um sich umzusehen.

Der Kreis der Jäger zieht sich unaufhaltsam zusammen. Ein großer Hund wird von der Leine gelassen und stürmt auf Victors Versteck zu.

Victor schaut sich hektisch um, findet jedoch keine Fluchtmöglichkeit. Der Hund rennt direkt auf das dichte Buschwerk zu, findet aber keine Lücke zum Durchkriechen.

Victors Blick ist angsterfüllt; in seiner Verzweiflung nimmt er einen großen Stein von dem Steinhaufen vor sich und wartet. Der Hund rennt nun um das Buschwerk herum. Als er auf Victor zuspringt, trifft ihn der Stein im Sprung am Kopf. Jaulend wälzt sich das Tier am Boden. Victor nimmt einen weiteren Stein in die Hand und nähert sich dem Hund. Dieser knickt immer wieder mit den Beinen ein und wühlt mit heftigen, unkontrollierten Bewegungen den Boden auf, welcher von einer dichten Strohschicht bedeckt ist; dann trifft ihn der tödliche Schlag.

Victor richtet sich auf und schaut nach seinen Verfolgern.

Der Kreis der Jäger hat sich zusammengezogen und ist weniger als Hundert Meter von ihm entfernt. Ein weiterer großer Hund wird von der Leine gelassen. Victor duckt sich und sucht in Panik nach einem Ausweg. Neben dem Kadaver des Hundes, dort wo dieser die Erde aufgewühlt hat, stößt Victor auf einen Metallring im Boden. In seiner Not zieht Victor daran und wuchtet eine Metallplatte an ihrer Vorderseite nach oben. Ohne Nachzudenken lässt Victor sich in den Schacht gleiten, der sich darunter auftut; mit ihm fällt eine große Ladung Stroh in die Tiefe. Der zweite Hund ist nur noch wenige Schritte entfernt, als Victor die Platte über sich zuzieht. Von innen blockiert er den Verschluss mit einem Riegel.

Victor klettert eine Metalleiter hinab und hat nach wenigen Schritten Boden unter den Füßen. Über ihm dringt durch einen schmalen Spalt etwas Licht ins Dunkel. Der Lichtschein verschwindet immer wieder, als der Hund wild an der Platte zu kratzen beginnt. Victor tastet seine Taschen ab und stößt auf ein Feuerzeug. Er knipst es an und entdeckt einen Gang, der von dem Schacht wegführt. Victor zieht hastig seine Jacke aus, stopft das am Boden liegende Stroh hinein und bindet sie sich wie einen Sack um. Dann nimmt er ein Strohbüschel, zündet es an und benutzt es als Fackel, während er los läuft.

Er kann sich nur gebückt in dem Gang bewegen. Immer wieder zieht er ein neues Strohbüschel aus der Jacke und zündet es an dem heruntergebrannten an. Der Feuerschein, oft eher ein Glimmen, reicht gerade aus, um vage den Weg zu erkennen. Der Qualm lässt Victor immer wieder husten.

Nach einiger Zeit erreicht er eine Stahltür; sie lässt sich mit viel Mühe öffnen. Victor ist am Ende seiner Kräfte. Von innen kommt ihm ein gewaltiger Wasserschwall entgegen, der Victor zurück schleudert. Gerade noch rechtzeitig kann er die Jacke mit dem Stroh in die Höhe reißen. Erschöpft rappelt er sich auf und watet durch das knietiefe Wasser weiter, bis er zu einer zweiten Stahltür gelangt. Diese lässt sich leichter öffnen.

Victor steigt durch die Öffnung und sinkt erschöpft zu Boden. Er atmet heftig. Dann sieht er sich um. Er befindet sich in einem immerhin spärlich beleuchteten, niedrigen Gewölbegang, dessen Ende nicht zu sehen ist. Der Boden ist aus gestampftem Lehm, die Wände bestehen aus unverputzten Natursteinen. Vorsichtig schleicht Victor den Gang entlang. In einiger Entfernung, am Ende des Ganges, führt eine Treppe nach oben. Victor geht an einer Holztür vorbei darauf zu, kehrt dann aber um und horcht an der Tür. Nichts. Trotzdem schiebt er den großen Riegel zur Seite und öffnet sie.

Vor Victor tut sich ein Gewölbe mit Mauern aus grobem Naturstein auf. Es ist in gedämpftes Licht getaucht. Victor geht ein paar Schritte hinein und erstarrt: An der Wand vor sich sieht er einen mannshohen Käfig, in dem eine regungslose Person gefangen ist. Victor tritt näher und erkennt, dass beide Arme des Gefangenen notdürftig verbunden sind; Blut sickert durch den Verband. Der Käfig ist kaum größer als der Gefangene selbst. Victor rüttelt an dem verrosteten Schloss, das vor der Käfigtür hängt. Er nimmt einen großen Stein vom Boden, zertrümmert damit das Schloss und öffnet den Käfig. Er streckt die Hand aus und hebt den Kopf der Person an.

»Kahlo . . . oh Gott! Was machst *du* hier?«, stößt Victor hervor.

Er weicht erschrocken zurück. Hinter sich hört er ein lautes

Stöhnen. Victor dreht sich hastig um und erkennt nun noch weitere Käfige im Halbdunkel. In einem davon ist Tim gefangen, direkt daneben Felix. Beide hängen lethargisch in Ketten an der Wand.

»Was ist das hier . . . ?«

Victor dreht sich fragend um und sucht hektisch den Raum mit den Augen ab.

»Was hat das zu bedeuten?!«

An einer Stelle der Decke entdeckt Victor eine winzige Überwachungskamera, die fast perfekt zwischen den Steinfugen versteckt ist. Sie dreht sich langsam um die eigene Achse und bleibt dann auf Victor gerichtet stehen. Er wird wütend.

»Das glaube ich einfach nicht.«

Der Teil des Verlieses, in dem Victor steht, ist auf einem Monitor zu sehen. Victor ballt die Fäuste und reckt sie drohend Richtung Kamera. Der Kontrollraum ist verlassen.

»Ich hab keine Lust mehr auf eure Spielchen, hört ihr?!«, ist Victor verhallt zu hören.

Die Kamera schwenkt gleichmäßig weiter.

»Zeigt euch, ihr Feiglinge! Na los!«

Victor bleibt grimmig gestikulierend im Blickfeld der Kamera stehen, als warte er auf eine Reaktion.

Aber nichts passiert.

Dann läuft Victor zu Kahlos Käfig und macht sich an ihren Fesseln zu schaffen. Langsam kommt sie zu sich. Sie schaut ihn schläfrig an.

»Victor . . . wo sind wir . . . ?«

»Ich hab keine Ahnung, wie *du* hierher kommst, aber ich ahne, mit wem wir es zu tun haben. Die schrecken vor nichts zurück.«

Kahlo versucht, ihre Arme zu bewegen und stöhnt vor Schmerzen auf. Victor gibt ihr zu verstehen, sie nicht zu bewegen. Während er sich behutsam an ihren Fesseln zu schaffen macht, schaut er nachdenklich auf ihre verwundeten Arme.

»Das erinnert mich an einen Alptraum, den ich mal hatte.«

»Das war kein Alptraum, Victor, du hast mich . . . «

»Das war einer, glaube mir! So etwas vergisst man nicht, vor allem, wenn man ihn als Kind hatte.«

Kahlo blickt ihn fassungslos an. Victor öffnet Kahlos Fesseln und hilft ihr behutsam aus der Apparatur.

»Du kannst dich tatsächlich an nichts erinnern?«

Victor schüttelt den Kopf.

»Woran erinnern? Was meinst du?«

Kahlo zögert: » . . . vorhin, im Schloss . . . «

Victors Mine hellt sich auf.

»Doch, doch. Ich weiß noch, dass ich mir das Bild anschauen wollte. Plötzlich hatte ich eine heftige Diskussion mit dem alten Lichtenfeld . . . und dann musste ich durchs Fenster fliehen, worauf sie mich wie einen Fuchs jagten. Ich bin dann offenbar durch einen alten Fluchtgang hier rein geraten. Unglaublich!«

Kahlo wankt ein paar Schritte in den Raum hinein und bleibt dann stehen. Sie schaut Victor traurig an.

Hinter den beiden ertönt plötzlich lautes Stöhnen.

»Helft mir, bitte helft mir!«

Kahlo und Victor drehen sich um. Felix schaut die beiden aus seinem klaustrophobischen Gefängnis heraus flehend an.

Kahlo streckt sich schmerzverzerrt.

»Victor, wir müssen sie auch befreien.«

»Okay, warte.«

Victor läuft zu Felix' Käfig und sieht, dass dieser durch ein nagelneues Schloss verriegelt ist. Er rüttelt daran. Dann wirft er Felix einen kritischen Blick zu.

»Das hat keinen Zweck.«

Er lässt von der Gittertür ab und geht auf Kahlo zu.

»Wir müssen hier erst mal raus, dann holen wir Hilfe.«

Felix ist entsetzt.

»Bitte, lass uns hier nicht zurück! Es . . . es tut mir leid, was ich zu dir gesagt habe.«

»Schon in Ordnung, aber das Schloss krieg ich nicht auf, verstehst du? Wie kommt *ihr* eigentlich hier her?«

Felix versucht sich zu erinnern.

»Wir . . . wir sollten vor der Stiftung einen Vortrag halten . . . Auf dem Weg dorthin haben wir einen ihrer Mitarbeiter aufgelesen, der eine Wagenpanne hatte. Wir bekamen dann den Auftrag, ihn mitzunehmen. Auf einer Landstraße griff er plötzlich Tim von hinten an, betäubte ihn und befahl mir, den Wagen zum Stehen zu bringen. Ich schaffte es gerade noch, dann spürte ich einen Stich . . . und wachte hier auf.«

Victor schaut ihn erstaunt an, dann zu Kahlo.

»Was wollen die von uns?«

Kahlo hat plötzlich eine Idee. Sie bückt sich und zieht ein Hosenbein hoch. Dabei stöhnt sie wegen ihrer verletzten Arme auf.

»Auuu . . . Warte . . . ich zeig dir was.«

Unter ihrem Hosenbein kommt eine flache, ums Bein geschnallte Tasche zum Vorschein, in der sie ihr Smartphone verstaut hat. Kahlo tastet danach und erschreckt.

»Mist, es ist weg!«

»Was ist weg?«, fragt Victor nervös.

»Ich hab alles darauf aufgezeichnet. Verdammt!«

»Was aufgezeichnet?«

Kahlo schaut ihn verzweifelt an.

»Den Vortrag . . . das zu erklären . . . «

Felix mischt sich ein.

»Den Vortrag? Wer . . . «

Victor unterbricht ihn ungeduldig.

»Egal, wir sollten uns jetzt erst mal darum kümmern, hier raus zu kommen.«

Er läuft zu Kahlos Käfig, nimmt seine Jacke und drapiert sie in die Fesselvorrichtung. Mit dem restlichen Stroh und einem Sack vom Boden stopft er sie notdürftig aus und schließt den Käfig wieder. Dann läuft er zu Kahlo und fasst sie behutsam an der Schulter.

»Wenn sie uns bis jetzt nicht beobachtet haben, haben wir vielleicht eine Chance«, bemerkt er mit einem schnellen Blick Richtung Kamera.

Kahlo blickt ebenfalls zur Überwachungskamera, dann zu ihrem Käfig und versteht. Victor schaut Felix an, dann Tim. Tim ist nach wie vor bewusstlos, atmet aber gleichmäßig.

Victor zu Felix: »Wir holen Hilfe, versprochen. Komm jetzt Kahlo.«

Sanft schiebt er sie vor sich her und verlässt mit ihr das Verließ.

18. Ein Sack wird zugemacht

Auf dem Kontrollmonitor wandert das Kamerabild zu Tims Käfig. Kahlo und Victor gehen gerade aus dem Bild, als eine Person im Halbdunkel an das Monitorpult heran tritt. Die Kamera schwenkt zu Felix' Käfig. Die Person greift zum Telefon.

»Hier Enz. Alles in Ordnung. Unsere Gäste sind vollzählig.«

Ein Geländewagen fährt in hohem Tempo über den Feldweg. Albert sitzt am Steuer und telefoniert mit Enz.

»Gut gemacht, lieber Enz. Ich bin bereits auf dem Weg zum Flugzeug. Sorgen Sie bitte dafür, dass das Fest einen gelungenen Ausklang erfährt.«

Aus der Freisprecheinrichtung ertönt Enz' Stimme.

»Alles ist vorbereitet.«

Alberts Augen werden schmal und stechend.

»Und sie wissen, was mit den Beweisstücken zu geschehen hat.«

Enz steht da, ohne sich zu bewegen. Seine Stimme ist tonlos.

»Sie können sich auf mich verlassen.«

Er wirkt angespannt, beendet das Telefonat und verharrt einen Augenblick vor dem Kontrollpult. Die Kamera schwenkt das Verließ ab. Enz schaut konzentriert auf den Monitor, als Kahlos Käfig ins Bild kommt. Seine Gesichtszüge spannen sich an.

»Dann wollen wir mal.«

Mit entschiedenem Schritt verlässt er den Raum.

Victor und Kahlo steigen den Treppenaufgang des Verlieses

hoch. Sie kommen bei einer Tür an. Victor öffnet sie einen Spalt weit und schaut vorsichtig nach außen. Kahlo taucht neben ihm auf, schaut sich ebenfalls um und will an ihm vorbei ins Freie.

Victor hält sie zurück.

»Warte, wo sind wir hier?«

»Das . . . das kenne ich. Dort bin ich hochgeklettert!«

»Was . . . ?«

Kahlo unterbricht ihn ungeduldig.

»Erzähl ich dir später. Komm.«

Sie macht einen Schritt nach außen, Victor folgt ihr. Der Treppenabgang zum Verließ ist in einem niedrigen Wirtschaftsgebäude am Rande des Schlossparks versteckt. Plötzlich kommen mehrere Wagen die Auffahrt hochgefahren; es sind die Jäger, die von der Jagd zurück kehren. Victor duckt sich und schaut sich hektisch um.

»Verdammt! Wir müssen in die andere Richtung.«

Zusammen mit Kahlo läuft er über die Wiese bis zu einer Mauer. Kahlo schaut Victor verzweifelt an.

»Da komme ich nicht hoch mit meinen Armen!«

Victor zögert nicht lange und bildet mit den Händen eine Räuberleiter.

»So müsste es gehen, schnell.«

Kahlo steigt mit einem Fuß auf Victors Hände und wird dann von ihm angehoben. Als sie versucht, sich mit ihren Händen vollends am Mauerrand hoch zu ziehen, schreit sie vor Schmerzen auf.

»Auuuuu . . . ich schaff das nicht . . . «

Victor ächzt unter Kahlos Gewicht.

»Verdammt . . . du *musst*!«

Er stützt sich mit dem Rücken an der Wand ab und stemmt

Kahlo über Kopf vollends hoch. Sie schafft es, auf der Mauer zum Sitzen zu kommen.

»Jetzt du!«, ruft sie ihm zu.

Victor nimmt Anlauf und springt mit einem Satz an der Mauer hoch; er kann sich mit den Fingerspitzen am oberen Rand festhalten und zieht sich vollends hoch.

Einige der Jäger sind aus ihren Wagen gestiegen und unterhalten sich. Dann zeigt einer in die Richtung von Victor und Kahlo. Kahlo schaut sich hastig um.

»Unsere Fahrzeuge müssen ganz in der Nähe stehen.«

Die Jäger kommen mit ihren Flinten in der Hand auf sie zu.

»Warte – ich helf dir gleich.«

Victor springt von der Mauer und hilft Kahlo dann beim Abstieg. Schließlich rennen sie in die Richtung, in der sie ihre Fahrzeuge abgestellt haben.

Hinter ihnen hört man Rufe. Die beiden kommen an die Stelle, wo Victors Saab und Kahlos Kleinwagen parken. Victor sucht vergeblich nach seinem Wagenschlüssel, Kahlo findet nach kurzem Suchen den ihren. Als sie die Tür aufschließen will, fallen plötzlich mehrere Schüsse. Bei beiden Fahrzeugen entweicht schlagartig die Luft aus den Reifen.

Enz steht hinter Victor und Kahlo. Er bedroht die beiden mit einer Pistole und schaut sie mit kaltem Blick an.

»Unserer Party sind leider einige Gäste abhanden gekommen. Ich darf Sie bitten, nun wieder Ihre Plätze einzunehmen.«

Victor und Kahlo schauen sich verzweifelt an. Da erkennt Victor Enz.

»Hey, ich kenne Sie. Sie sind doch der Typ aus der Bibliothek!«

Enz zieht Handschellen aus der Tasche und hält sie Victor vor die Nase.

»Erst die Dame, dann Sie, wenn ich bitten darf.«

Kahlo brüllt ihn entrüstet an.

»Sie haben doch schon, was sie wollten. Also lassen sie uns gefälligst laufen.«

»Den Gefallen kann ich Ihnen leider nicht tun«, entgegnet Enz kühl.

Er schlägt Victor hart die Handschellen gegen den Brustkorb und weist auf Kahlo.

»Los jetzt!«

Victor gibt nach und legt Kahlo vorsichtig die Handschellen an. Trotzdem stöhnt sie wegen der Schmerzen auf. Sie schaut Enz hasserfüllt an.

»Was haben sie jetzt mit uns vor?«

Enz wird ungeduldig: »Das werden Sie noch früh genug erfahren«, dann zu Victor: »Jetzt Sie.«

Victor legt sich nun selbst hinter dem Rücken seine Handschellen an und schließt sie. Enz dirigiert die beiden mit vorgehaltener Pistole zurück zum Schloss.

»Hier geht's lang.«

»Was haben Sie mit meinem Telefon gemacht?«, will Kahlo von Enz wissen.

»Ich weiß nicht, was Sie meinen . . . Hier rein.«

Enz öffnet eine Tür in der Mauer und sie betreten den Schlossgarten. Da klingelt sein Mobiltelefon; Enz tippt an das Headset an seinem Ohr, während er die beiden weiter Richtung Schloss dirigiert.

»Hier Enz.«

Albert steigt gerade aus seiner Limousine und läuft auf die Messerschmitt ME 108 zu. Der Propeller wird in diesem Moment angeworfen.

»Mir ist etwas eingefallen. Haben Sie das Beweisstück noch?«

Enz fasst sich an die Brusttasche und nickt.

»Ja, was ist damit?«

Albert klettert über eine fahrbare Treppe ins Flugzeug. Der Lärm des Propellers ist ohrenbetäubend. Auf dem Sitz des Copiloten sitzt Graf von Molchow. Albert nickt ihm zu und setzt sich auf den Pilotensitz. Im Cockpit sind die alten Instrumente gegen allerneuste Navigations-, Steuer- und Kommunikationstechnik ausgetauscht worden.

»Schauen Sie doch mal bitte nach, was unsere flinke Katze alles auf dem Gerät abgespeichert hat; vielleicht findet sich eine Verbindung, der wir noch nachgehen sollten. Es darf nichts nach außen sickern, verstehen Sie?«

Enz hat anfänglich Schwierigkeiten, Alberts Stimme durch den Propellerlärm zu verstehen, aber dann nickt er.

»Ja . . . Ich verstehe. Mach ich.«

Albert schließt das Kabinendach.

Enz kramt ein Smartphone aus der Brusttasche und versucht es zu aktivieren, aber er scheitert am Sicherheitscode des Sperrbildschirms. Er bleibt stehen und signalisiert Victor und Kahlo mit seiner Pistole, ebenfalls stehen zu bleiben. Dann fixiert er Kahlo, während er das Mikro mit der Hand abdeckt.

»Nennen Sie mir den Sicherheitscode für die Entsperrung.«

Kahlo schaut ihn hasserfüllt an.

»Schieben Sie sich das Ding sonst wohin!«

Enz blickt ihr ungerührt in die Augen.

»Es ist vielleicht Ihre einzige Chance. Also?!«

Auf dem Flugplatz rollt die ME 108 Richtung Startbahn.

Albert horcht verwundert in sein Mobiltelefon.

»Wen haben Sie denn da bei sich, Enz?«

Nun wirkt Enz genervt.

»Das . . . ich . . . «

Albert schüttelt den Kopf.

»Egal, also, haben Sie das Ding eingeschaltet?«

Enz schaut Kahlo auffordernd an und richtet seine Pistole auf ihren Brustkorb. Kahlo gibt sich keine Mühe, ihren Ärger zu verbergen, lenkt dann aber ein.

»Also gut. Die Codeeingabe ist deaktiviert, es funktioniert ausschließlich über den Fingerabdrucksensor.«

Enz nickt.

»Dann halte ich das Gerät an ihren Finger. Welcher Finger ist es und welche Hand?«

Er geht auf Kahlo zu, doch die schüttelt energisch den Kopf.

»Das wird nicht funktionieren, ich muss kurz hintereinander aus einem Winkel, in dem ich das Gerät normalerweise in der Hand halte, mit zwei Fingern beider Hände auf den Sensor tippen.«

Enz' Blick wird stechend.

„Wie soll das gehen? Was für einen Blödsinn erzählen Sie mir da?"

Er richtet seine Pistole erneut auf Kahlo. Diese presst hervor: »Machen Sie meine Handschellen los, dann wird es funktionieren.«

Kahlo und Enz sind während ihrer verbalen

Auseinandersetzung weiter Richtung Schloss gegangen, Victor ein paar Schritte vor Kahlo.

Enz wird nun ungehalten: »Ich verfüge zwar selbst nicht über ein Telefon dieser Gerätegeneration, aber ich habe den Verdacht, dass Sie mir etwas Falsches erzählen, um sich eine Möglichkeit zur Flucht zu verschaffen.«

Er hält an und packt Kahlo unsanft am Arm. Sie schreit voller Schmerz auf.

»Auuuuuuuuuu ...!«

Victor hält ebenfalls an und dreht sich zu den beiden um. Enz zielt mit seiner Pistole auf ihn und signalisiert Victor, sich ruhig zu verhalten; dann wendet er sich wieder an Kahlo.

»Meine Geduld ist jetzt, genau an diesem Punkt, zu Ende. Glauben Sie mir, ich kann Ihre Schmerzen ins Unermessliche steigern. Also, ein allerletztes Mal: Helfen Sie mir dabei, das Gerät zu entsperren. Die Handschellen bleiben dran.«

Dann lässt er Kahlos Arm los, die mittlerweile Tränen in den Augen hat. Dass sie große Schmerzen hat, ist nicht zu übersehen. Sie weicht ein paar Schritte zurück, während Enz sie fixiert und darauf wartet, dass sie tut, was er ihr befohlen hat.

Kahlo senkt den Kopf und kneift mehrmals die Augen zusammen, um die Tränen zu verdrängen. Dann schaut sie auf und bekommt mit einem Mal einen seltsamen Gesichtsausdruck. Sie schaut nach oben zur Dachrinne des Schlosses, dann weicht sie ein paar Schritte zurück, während Enz wieder drohend die Pistole auf sie richtet. Aber Kahlo beachtet es nicht, denn sie starrt auf den Boden, an dem das hohe Gras etwa in Körpergröße umgeknickt ist.

»Das muss die Stelle sein, an der Karl abgestürzt ist!«, stößt sie hervor, während sich in ihrem Gesicht das Entsetzen spiegelt.

Victor schaut sie verständnislos an.

»Karl ist auch hier? Warum . . . «

Kahlo blickt fassungslos zu Victor, da er sich offenbar wirklich nicht an die letzten Stunden im Schloss erinnert.

Enz mischt sich verärgert ein, während er Kahlo weiterhin mit der Pistole bedroht.

»Zu viel Neugier hat die Katze getötet. Verstehen Sie?"

Dann geht er mit grimmigem Blick auf Kahlo zu und ihr ist klar, dass das für ihre Arme nichts Gutes bedeuten kann.

»Wir müssen uns hierauf konzentrieren, kapiert?!«

Enz hält Kahlo ihr Smartphone drohend vor's Gesicht. Da schreit sie ihn aus voller Kehle an: »Karl – was haben Sie mit ihm gemacht?!«

Enz lässt sich nicht beirren, obwohl im Kahlos Spucke ins Gesicht fliegt. Er ist nun nur noch eine Hand breit von Kahlo entfernt und spricht in ruhigem Ton zu ihr: »Was haben *Sie* mit ihm gemacht?!«

Da meldet sich Albert über das Headset.

»Was ist denn da bei Ihnen los, Enz? . . . Enz!«

Enz zuckt zusammen, aber er fängt sich sofort wieder. Er antwortet nicht – zuerst muss er diese Situation für sich entscheiden. Bevor er dazu kommt, etwas weiteres zu sagen mischt sich Victor ein: »Was ist mit Karl? Wo ist er?«

Alberts Flugzeug hebt ab. Ins Cockpit dringt der kontinuierliche Lärm des Propellers. Albert lässt die ME 108 in einer langgezogenen Rechtskurve aufsteigen, er steuert das Flugzeug mit ruhiger Hand. Umso ungeduldiger wartet er jedoch auf eine Antwort seines Dieners.

»Wann bekomme ich denn nun meine Antwort?!«, knurrt er in das Mikrofon des Headsets.

Nach ein paar Sekunden meldet sich Enz in ruhigem Ton.

»Ich habe im Moment noch Probleme mit dem Gerät, aber . . . «

Albert lacht trocken.

»Sie hatten es nie so mit der Technik, Enz. Jeden Knopf muss ich Ihnen einzeln erklären. Aber jetzt müssen Sie sich ein wenig anstrengen, hören Sie mein Lieber?«

Enz wirkt zerknirscht.

»Ja . . . sicher.«

Das Flugzeug steigt schnell in die Höhe und lässt den Flugplatz unter sich.

Enz steht nach wie vor Victor und Kahlo gegenüber, er hält Victor mit seiner Pistole in Schach. Nicht weit entfernt sieht man Alberts Flugzeug, das sich in einem weiten Bogen um den Schlosspark in die Luft erhebt. Enz schaut ihm für einen Moment nach, Kahlo folgt seinem Blick.

Enz spricht in sein Headset.

» . . . ich checke das, dann rufe ich zurück.«

Alberts Stimme ist zu hören.

»Also gut. Zwei Minuten, nicht mehr.«

Die Verbindung wird beendet. Enz fixiert Kahlo.

»Keine Mätzchen jetzt, verstanden?!«

Damit geht er auf sie zu, schließt ihre Handschellen auf und hält abwechselnd sie und Victor mit der Pistole in Schach. Dann hält er Kahlo unmissverständlich das Smartphone hin. Sie nimmt es widerwillig entgegen und presst einen Finger auf den Homebutton. Auf dem Display wird angezeigt, dass die

Eingabe fehlerhaft war. Enz wird wütend.

»Los jetzt, machen Sie es gefälligst richtig!«

Da mischt sich Victor ein.

»Was sollte das nun mit Karl? Sagen Sie endlich!«

Enz schnellt herum und herrscht ihn an.

»Ruhe jetzt. Halten Sie die Klappe!« Dann zu Kahlo. »Los! Oder ich schneide Ihre Finger ab und verschaffe mir selbst den Zugang!«

Er packt Kahlo erneut unsanft am Arm, lässt aber sofort wieder los. Die Aktion zeigt Wirkung. Kahlo schreit auf, fängt sich dann jedoch wieder und schafft es nun, mit wenigen Fingerbewegungen das Smartphone zu aktivieren. Der Homescreen ist zu sehen und Kahlo hebt den Kopf. Sie hat Tränen in den Augen.

»Was wollen Sie nun genau?«

Enz zeigt auf das Smartphone.

»Zeigen Sie mir die Anrufliste der letzten Stunden.«

Kahlo nickt; man merkt ihr an, dass sie keine weitere Attacke auf ihren Arm provozieren möchte. Sie tippt auf die Telefon-App, doch bevor sie dazu kommt, weiter zu machen, mischt sich Victor ein.

»Hören Sie! Ich möchte endlich wissen, was das mit Karl sollte!«

Enz antwortet ihm, ohne seinen Blick von Kahlos Smartphone abzuwenden.

»Sie haben ihn getötet, Sie Idiot.«

Kahlo hält inne: »Getötet . . . !«

Victor schüttelt wütend den Kopf: »Was reden Sie da, Mann? Das kann nicht sein!«

Enz verliert die Geduld und packt Victor am Kragen.

»Sie beginnen mir auf die Nerven zu gehen, junger Mann. Verstehen Sie?«

Victor versucht sich loszureißen, aber Enz dreht seinen Kragen so zusammen, dass Victors Kehle zugeschnürt wird. Er röchelt.

Am Himmel verschwindet das Flugzeug mit lautem Propellergeräusch hinter dem Schloss.

Kahlo löst sich aus ihrer Starre und tippt in schneller Abfolge auf das Display des Smartphones. Sie startet heimlich eine App, die der ähnelt, mit der sie bereits Enz' Wagen außer Betrieb gesetzt hat. Sie gibt das Luftfahrzeugkennzeichen ein, das sie an der Messerschmitt sah: „D-LICHT".

Enz, der immer noch Victor am Kragen hält, wendet sich zu Kahlo um.

»Zeigen Sie her! Jetzt müssten Sie die Liste ja aufgerufen haben.«

Kahlo blendet schnell das Suchprogramm aus und wählt die Anrufliste aus. Sie hält Enz das Smartphone unter die Nase und scrollt die Liste langsam durch. An erster Stelle steht Karl, die restlichen Anrufe fanden an den Tagen davor statt.

Enz nickt zufrieden, während er die Liste überfliegt.

»Gut . . . Um den müssen wir uns nicht kümmern.« Er lacht trocken. »Nun alle Fotos.«

Mit einem Nicken gibt er Kahlo zu verstehen, weiter zu machen, während er gebannt auf das Smartphone blickt. Für einen Moment lockert er den Griff an Victors Kragen. Der ergreift die Gelegenheit und reißt sich mit einer heftigen Seitwärtsbewegung los, tritt einen Schritt zurück und rammt dann Enz mit voller Wucht seinen Kopf in die Seite. Enz verliert das Gleichgewicht und stürzt. Victor kommt neben ihm zu Fall.

»Victor. Du musst ihn festhalten!«, ruft Kahlo geistesgegenwärtig. Sie weicht ein paar Schritte zurück und blendet wieder das Suchprogramm ein. Es hat in der Zwischenzeit den Datenbestand des Luftfahrt-Bundesamtes durchsucht und zeigt die Aufforderung zur Eingabe eines Passworts an. Kahlo startet einen Befehl, der das richtige Passwort einsetzt und Zugang zu weiteren Daten liefert. Aufgelistet werden nun alle Informationen über den Halter des Flugzeuges, Albert von Lichtenfeld und am Ende die eindeutige Identifikations-Nr. des Flugzeugs.

Am Boden kniend stürzt sich Victor erneut auf Enz. Er kann nur seinen Kopf und seine Füße einsetzen, da seine Hände nach wie vor auf den Rücken gefesselt sind. Enz verliert seine Waffe und windet sich benommen. Aus seiner Jacke fällt das Mobiltelefon heraus. Es klingelt. Victor schaut Kahlo fragend an.

»Er soll ran gehen, ich hab's gleich«, ruft sie.

»Wie soll . . . «, Kahlo unterbricht ihn. »Die Pistole, nimm sie, sonst schöpfen sie Verdacht!«

Victor robbt über den Boden und nimmt die Pistole rücklings in die Hand. Er dreht sich mit dem Rücken Richtung Enz und bedroht ihn so mit der Waffe. Kahlo dirigiert Victor dabei in die richtige Richtung: »Weiter nach links . . . jetzt nach unten.«

Victor ruft über die Schulter zu Enz: »Los, abnehmen. Und keine falschen Bemerkung!«

Enz atmet schwer, aber seine Überheblichkeit hat durch den Zwischenfall nicht gelitten: »Damit kommen Sie nicht durch, Sie . . . «

Victor gibt einen Schuss ab, der direkt neben Enz in den Boden geht. Enz zuckt zusammen.

»Los jetzt! Ich kann nicht dafür garantieren, dass ich das nächste Mal genauso gut treffe.«

Kahlo tippt auf ihrem Display die ID des Flugzeugs an. Ein weiteres Programm wird automatisch gestartet. Da Enz bei dem Gerangel sein Headset verloren hat, fischt er sein Telefon aus dem Gras und nimmt das Gespräch entgegen.

»Enz hier.«

Der Himmel vor dem Cockpitfenster ist von einer fast durchgehenden, dunkelroten Wolkendecke verhangen. Vom Horizont her schickt die untergehende Sonne ihre letzten, gleißenden Lichtstrahlen über die schemenhafte Landschaft. Sie lassen Straßen und Flussläufe darin wie ein Gebilde von weißen Adern aufleuchten.

»Haben Sie etwas gefunden?«, erkundigt sich Albert.

Enz ist im Lautsprecher zu hören.

»Nein. Während des Vortrags wurden keine Anrufe getätigt.«

Im Schlosspark bedroht Victor Enz nach wie vor mit der Waffe.

Auf Kahlos Smartphone wird gleichzeitig grafisch der Verbindungsaufbau vom Mobilfunknetz über einen Kommunikationssatelliten zum Flugsteuerungs-Satellitennetz dargestellt.

Alberts Stimme ertönt aus dem Lautsprecher des Telefons.

»Gut, . . . das ist gut. Das war die Hauptsache. Lassen Sie alle Beweisstücke verschwinden. Alle, verstehen Sie Enz?«

Enz schaut angestrengt zu Boden.

»Das mach ich.«

Auf Kahlos Smartphone wird die ID-Nr. des Flugzeugs an

das Flugsteuerungssystem übergeben und durch ein weiteres Passwort bestätigt. Kahlo tippt auf "Ok" und schaut dann grimmig Richtung Horizont.

»Na dann mal: Guten Flug!«

Albert steckt zufrieden sein Telefon in die Brusttasche. Plötzlich ändert sich vor ihm auf einem großen Display die Anzeige. „Automatische Zielführung aktiviert" leuchtet auf. Albert ist verdutzt und dreht sich zu Molchow.

»Können Sie sich das erklären?«

Molchow schaut ebenfalls verwundert auf die Instrumente, lässt sich aber nicht aus der Ruhe bringen.

»Nein. Mal sehen.«

Er betätigt mehrere Knöpfe, aber die Meldung lässt sich nicht deaktivieren.

Im Schlossgarten gibt Kahlo einen weiteren Befehl in ihr Smartphone ein.

Auf dem Display des Flugzeugs erscheint: "Zielführung – Abflugort ansteuern".

Albert wird unruhig.

»Das ist doch . . . «

Er bedient nun schnell hintereinander selbst ein paar Schalter, aber die Textmeldung bleibt bestehen.

Molchow mischt sich ein.

»Vielleicht . . . «

Im gleichen Augenblick neigt sich das Flugzeug abrupt zur Seite und ändert in einer engen Kurve die Richtung.

Kahlo beobachtet triumphierend, wie das Flugzeug am Horizont wendet.

Albert und Molchow werden auf ihren Sitzen zur Seite gedrückt. Auf dem Display erscheint das Ziel nun als grafische Darstellung: Die Umrisse des Schlosses sind zu erkennen.

Molchow reagiert ungehalten: »Das kann nicht wahr sein! Sie müssen etwas unternehmen!«

Albert rüttelt am Steuerknüppel und betätigt mehrmals erfolglos einen weiteren Schalter.

»Der Autopilot lässt sich nicht abschalten.«

Die Umrisse des Schlosses auf dem Display werden immer größer und deutlicher. Albert schaut zum Fenster hinaus und sieht in der Ferne Lichter näher kommen.

Er ist außer sich.

»Die werden doch wohl nicht etwa . . . «

Sein Blick ist vielsagend. Er greift zum Telefon, am anderen Ende wird abgenommen. Albert brüllt sofort los: »Enz, was geht da vor sich. Warum . . . «

Kahlo hält Enz' Mobiltelefon in der Hand, während Victor seinen Widersacher mit der Pistole in Schach hält. Hämisch bemerkt Kahlo: »Ich hoffe, Sie sind gut versichert.«

Die ME 108 nähert sich ihnen aus einiger Entfernung. Plötzlich kippt die Nase nach unten und das Flugzeug stürzt mit hoher Geschwindigkeit und aufheulendem Motor auf das Schloss zu.

Enz reagiert panisch: »Das können Sie nicht machen!«

Victor schaut zum Himmel, dann ungläubig zu Kahlo. Er weicht langsam zurück.

»Kahlo, was hast du vor?«

Das Flugzeug steuert genau auf sie zu.

In der ME 108 spielen sich in diesem Augenblick dramatische Szenen ab. Albert und Molchow bedienen hektisch alle verfügbaren Schalter und Hebel, aber ihr verzweifelter Versuch, das Unausweichliche abzuwenden, bleibt wirkungslos. Beiden steht die Todesangst ins Gesicht geschrieben. Das Schloss nähert sich in rasendem Tempo.

Albert brüllt außer sich ins Telefon: »Sagen Sie mir, was Sie wollen . . . « Er erhält keine Antwort. ». . . was wollen Sie?! Sie können alles haben!«

Im Schlosspark bricht unter den Jägern Panik aus. Sie rennen nach allen Seiten davon. Mehrere Jäger starten ihre Wagen und preschen mit durchdrehenden Reifen gleichzeitig auf die Toreinfahrt zu. Kurz vor dem Torbogen stoßen sie mit lautem Krachen zusammen; ein Blechknäuel blockiert nun die gesamte Ausfahrt.

Das Flugzeug ist nicht mehr weit entfernt. Victor bewegt sich langsam auf Kahlo zu und blickt sie dabei entgeistert an. Enz schaut apathisch auf das sich schnell nähernde Ungetüm am Himmel, welches sie jeden Moment in einem gigantischen Feuerball verdampfen lassen wird.

Da gibt Kahlo einen weiteren Befehl in ihr Smartphone ein.

Als das Flugzeug nur noch zwei Baumlängen vom Boden entfernt ist und der Aufprall lediglich eine Frage von Augenblicken, startet es plötzlich durch und zieht in einer steilen Kurve nach oben. Lautes Raunen geht durch die Menge.

Kahlo ruft grimmig in das Mobiltelefon: »Du stehst doch auf Höhenflüge, na bitte!«

Die ME 108 schraubt sich in einer engen Spirale schnell höher. Es knirscht und vibriert in allen Teilen des Rumpfes und der Tragflächen. Der Rotor hat schwer zu kämpfen und seine Drehzahl nimmt kontinuierlich ab. Albert und Molchow kleben mit weit aufgerissenen Augen in ihren Sitzen und bringen keinen Ton hervor.

Kahlo startet auf ihrem Smartphone die Video-Aufzeichnung und spult sie im Schnelldurchlauf durch. Sie stoppt an der Stelle, an der Molchow seine Rede beendete. Dann tippt sie auf „Teilen" und gibt das Übermittlungsziel an.

Die Videoaufzeichnung wird wiedergegeben und Molchows Rede ist zu sehen: » . . . und *unsere* Zivilisation wird auf ewig Schutzherr . . . «

Das große Display im Cockpit der ME 108 wechselt auf Video-Wiedergabe und der Filmausschnitt wird abgespielt.

» . . . auf diesem Planeten sein – dann warten nur noch die Sterne auf uns!«

Albert hustet und findet seine Stimme wieder. Er ist außer sich: »Was zum Teufel . . . «

Das Flugzeug wird kräftig durchgeschüttelt: Die Anzeige bricht kurz ab und erscheint dann wieder. Albert schaut zu Molchow herüber, der ist kalkweiß im Gesicht.

»Das . . . das . . . «, ein Hustenanfall unterbricht ihn.

Albert brüllt: »Lassen Sie das . . . wir können über alles reden . . . «

Das Flugzeug wird erneut durchgeschüttelt.

Im Schlosspark drückt Kahlo auf „Replay".
»Gute Reise – in die Unendlichkeit.«

Der gleiche Filmausschnitt wird nun in einem Endlos-Loop wiedergegeben. Gleichzeitig schraubt sich das Flugzeug in immer enger werdendem Radius nach oben.
»Dann warten nur noch die Sterne auf uns! . . .

. . . nur noch die Sterne auf uns! . . .

. . . die Sterne auf uns! . . . «

Albert greift sich an den Hals und hustet. Er schaut auf den Höhenmesser: 16.000 Fuß. Molchow starrt apathisch auf den Bildschirm und blickt ungläubig in sein eigenes Gesicht, das immer mehr zu einer Fratze anschwillt.

» . . . die Sterne auf uns! . . . «

Das Flugzeug vibriert heftig. Die Lichter unter ihm werden immer kleiner.

Über der ME 108 zeigt sich eine diffuse Wolkenschicht, die dunkler und dunkler wird. Von einem Moment auf den anderen verschwindet sie und gibt den klaren, dunklen Himmel dahinter frei. Hier und dort blitzen einige Sterne auf.

Molchows Gesichtszüge gleichen jetzt denen eines Junkies, der auf einen Horrortrip geraten ist.

» . . . die Sterne . . . !«

Plötzlich ertönt ein infernalischer Knall und das Flugzeug wird zur Seite geschleudert. Der Motor erreicht im Nu eine Drehzahl, die weit über seinem üblichen Maximalbereich liegt. Die Antriebswelle zum Propeller ist gebrochen und die Verkleidung der Haube vor dem Cockpit platzt an mehreren

Stellen auf, nachdem sie von unzähligen Metallsplittern durchbohrt wurde. Öl spritzt heraus.

Das Flugzeug bleibt für einen kurzen Augenblick fast senkrecht in der Luft stehen – dann stürzt es abrupt zurück. Mit dem Heck voran fällt es wie ein Stein nach unten und gerät nach kurzer Zeit zunehmend ins Trudeln. Die rechte Tragfläche löst sich vom Rumpf. Ein Benzinschwall klatscht erst ans Cockpitfenster und fließt dann in den Motorblock. Sofort steht der vordere Teil des Flugzeugs in Flammen.

Hoch oben am Abendhimmel ist plötzlich ein heller Schein zu sehen. Kahlo beobachtet es ungerührt. Enz liegt am Boden; Victor steht mit gesenkter Pistole da. Beide starren ungläubig in den Himmel.

Das Flugzeug trudelt nun um beide Achsen. Alberts und Molchows Gesichter sind zu einer Fratze erstarrt. Das gläserne Kabinendach des Cockpits platzt.

Aus dem hellen Schein am Himmel wird ein Funkenschweif, wie man ihn von einem in die Erdatmosphäre eintretenden Himmelskörper kennt. Mit einem Mal zerfällt er in tausend Teile. Ein surreales Lichterspiel beginnt.

Die Jäger stehen wie paralysiert im Schlosshof. Kahlo lässt den Arm mit dem Smartphone sinken. Victor schaut sie an, dann zu Enz. Der ist vollkommen perplex und macht keine Anstalten mehr, sich gegen sie aufzulehnen. Kahlo verstaut schnell ihr Smartphone, läuft dann zu Victor und öffnet seine Handschellen. Victor nimmt sie und fesselt Enz damit.

Er ist außer sich.

»Was wollte dieser Wahnsinnige überhaupt? Ich verstehe das nicht!«

Kahlo schaut ihn mit fahlem Gesichtsausdruck an.

»Sie wollten wieder die „Herrenmenschen" sein und die ganze Welt besitzen.«

Victor nickt.

»Das . . . kommt mir bekannt vor . . . «

Kahlos und Victors Blicke treffen sich. Einen Moment lang schauen sie sich tief in die Augen. Kahlo zittert, als würde sich eine große Anspannung in ihr legen. Victor atmet tief durch. Im Hintergrund regnen die Teile des Flugzeugs glühend zur Erde herab und gehen über den Feldern nieder.

Victor zeigt plötzlich sein Sonnyboy-Lächeln; allerdings spiegelt sich darin eher Melancholie als Fröhlichkeit. Er gibt sich einen Ruck und breitet, wie um sich zu entschuldigen, seine Arme aus. Kahlo macht einen Schritt nach vorne, dann noch einen. Als sie Victors Körper spürt, durchfährt sie ein Beben. Im nächsten Augenblick empfindet sie eine nie gekannte Geborgenheit.

Mein Freund Victor! Für ihn *ist wieder mal alles gut ausgegangen,* ich *dagegen darf den Abgang machen! Auch wenn ich nicht gewusst habe, was diese Teufel mit meinen Forschungen vorhaben.*

Durch die Scheibe einer Verandatür sieht man in der Ferne die letzten Funken zu Boden gehen. Nicht weit vom Fenster entfernt stehen Victor und Kahlo.

Der Boden nahe der Verandatür im Inneren des Schlosses ist

mit kleinen Erdklumpen und Grasresten übersät. Folgt man dieser Spur, erscheinen nach einigen Metern die Füße einer liegenden Person im Halbdunkel. Es ist Karl, der mit offenen Augen, aber reglos und mit leicht gekrümmten Gliedern am Boden liegt.

Ich muss wohl für die Taten der anderen gerade stehen. Aber das ist gut so. Nicht auszudenken, wenn dieser Wahnsinn wahr werden würde . . .

Victor schaut in Richtung der Verandatür und fixiert sie. Es hat den Anschein, als habe er etwas entdeckt, was seine Aufmerksamkeit auf sich zieht. Dann aber dreht er sich wieder um und schließt Kahlo noch enger in seine Arme.

Die Bewegung außerhalb des Fensters friert ein. Victor und Kahlo stehen nun wie eingerahmt da. Zusammen geben sie ein hoffnungsfrohes Bild ab.